孔子と
『詩経』

平賀光明
佐藤利行
李均洋

白帝社

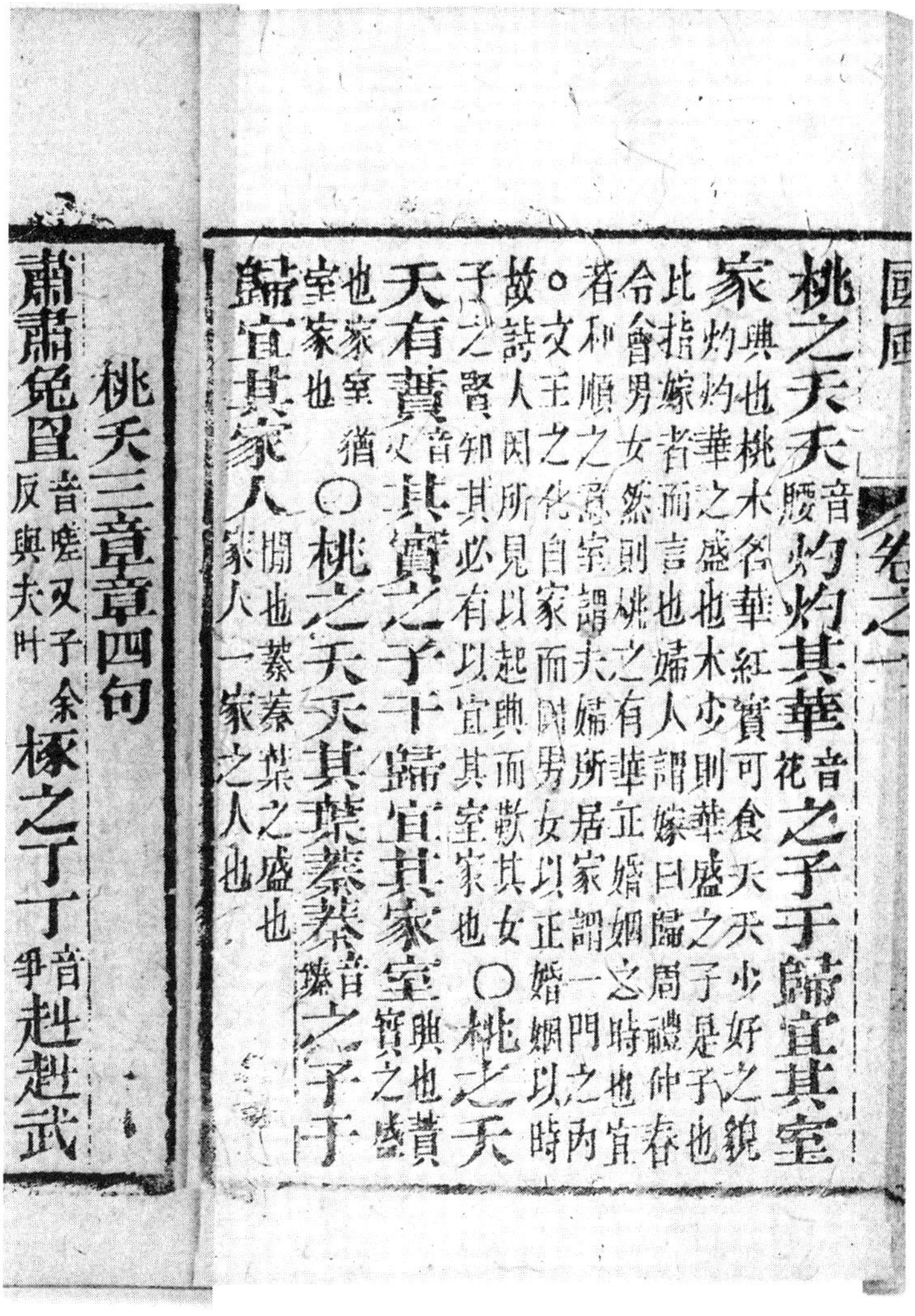

國風　卷之一
桃之夭夭音腰灼灼其華音花之子于歸宜其室
家興也桃木名華紅實可食夭夭少好之貌灼灼華之盛也木少則華盛之子是子也
此指嫁者而言也婦人謂嫁曰歸周禮仲春令會男女然則桃之有華正婚姻之時也宜
者和順之意室謂夫婦所居家謂一門之內○文王之化自家而國男女以正婚姻以時
故詩人因所見以起興而歎其女子之賢知其必有以宜其室家也○桃之夭
夭有蕡音[illegible]其實之子于歸宜其家室興也蕡實之盛
也家室猶室家也○桃之夭夭其葉蓁蓁音臻之子于
歸宜其家人興也蓁蓁葉之盛也家人一家之人也

桃夭三章章四句
肅肅兔罝音嗟又子余反與夫叶椓之丁丁音爭赳赳武

『詩経』桃夭

まえがき

中国最古の詩集である『詩経』は、孔子によって編纂された。孔子は、当時の中国各地で歌われていた凡そ三千篇の中から、三百五篇の詩を選び『詩経』とした。次に挙げる「桃夭」の詩は、高等学校の国語の教科書にも採られているものである。

桃之夭夭
灼灼其華
之子于帰
宜其室家

桃《もも》の夭夭《ようよう》たる
灼灼《しやくしやく》たり　其《そ》の華《はな》
之《こ》の子《こ》　于《ゆ》き帰《とつ》ぐ
其《そ》の室家《しっか》に宜《よろ》しからん

「桃の若木は今を盛りに美しい花を咲かせているが、この桃のように美しい娘もお嫁に行けば、きっと良き妻となり、幸福な家庭を築くであろう」というこの『詩経』の詩は、今から二千数百年を隔てた中国で歌われた詩である。長い時を隔て、また中国と日本という国の違いを越えて、これから嫁いで行く若い娘を祝福する素朴な民歌は、我々の心に響く。

孔子はみずからも詩を学び、それを門人の教育のためのテキストとした。『論語』（季氏篇）に、孔子が我が子の伯魚（鯉）に「詩を学ばざれば、以て言うこと無し」と言ったことが記されている。「『詩経』の詩を学んでこそ、はじめて人と話しをすることができる」という孔子の言葉の中に、孔子の『詩経』に対する思いを窺い知ることができる。

今、『詩経』を繙《ひもと》くに、そこには様々な人々の思いが描かれている。驚くことに中でも恋愛の歌が多く、「国風」では過半数の詩が男女の恋愛を歌うものであるという。孔子は、世の中における人々の素直な思いを大切にした。そうして、詩を理解することによって、その詩を作った人々の思いに我が思いを重ね合わせることこそが、世の中を生きて行く上での基本であると考えたのである。

今回、広島大学の佐藤利行教授、首都師範大学の李均洋教授とともに『詩経』の中から『論語』にも取り上げられた詩を中心に十五篇の詩を選んで本書にまとめた。本書の題名を『孔子と詩経』としたのも、孔子がいかに『詩経』を重んじていたかを考えたものである。是非とも多くの方々に『詩経』の詩を味わって頂きたい。

平賀光明

令和二年八月三十日

序　言

中國最早的詩集《詩經》，相傳是孔子編纂，孔子從當時中國各地傳誦的約3000篇詩歌中，選錄了305篇。日本高中國語課本中的《桃夭》就來自《詩經》。

桃之夭夭
灼灼其華
之子于帰
宜其室家

意思是：水靈靈的桃樹盛開着美麗的花，如桃花般美麗的姑娘出嫁結婚，定會成為良妻，家庭幸福。這首素樸的民歌距今已兩千數百年了，穿越國境在日本也是感人肺腑的祝福新娘幸福的名詩。

孔子自身也學詩，還把《詩經》作為教育門生的教材。《論語》季氏篇記載："鯉趨而過庭，曰‘學詩乎？’對曰‘未也。’曰‘不學詩無以言也。’"意思是說，不學詩，就不能同人們很好地溝通交流。

流覽《詩經》，千情百狀，其中戀歌特別多，《國風》中半數以上都是描述男女戀情。這說明孔子在編纂《詩經》時，是多麼重視人世間自然率直的七情六欲。正是基於這一點，我們讀《詩經》，就如同我們也置身於詩歌的所思所想中一般。

我同廣島大學佐藤利行教授和首都師範大學李均洋教授，編著了同《論語》相關聯的《詩經》中的15篇詩歌，題名《孔子與詩經》，以饗讀者。

平賀光明
2020年 8 月30日

目次

『詩経』の詩

孔子と『詩経』

孔子と『論語』

孔子という人

司馬遷の『史記』には孔子の伝が収められている。司馬遷は、みずからの伝記でもある「太史公自序」の中で、『史記』の構成について次のように述べている。

> 伝説時代から当代にいたる帝王の盛衰を観察した十二本紀《ほんぎ》、事件を年表にまとめた十表、礼楽・天文・経済・制度などを記した八書、まごころをこめて帝王を補佐した諸侯の事跡である三十世家《せいか》、正義を起こし、功名を天下に立てた士民の伝記である七十列伝《れつでん》、すべて百三十篇五十二万六千五百字。

これによって明らかなように、司馬遷は、個々の人間の伝記を中心に歴史をまとめた。この記述様式は、従来の時代順に事件を記録した編年体に対して、本紀の「紀」と列伝の「伝」をとって「紀伝体」と呼ばれ、後世の歴史書の模範とされた。『漢書《かんじょ》』以下、各代の正史はこれを受け継いでいる。

ところで、諸侯ではなかった孔子の伝は、本来ならば「列伝」の中に記録されるべきであるが、司馬遷は孔子の伝を「世家」の中に記録した。これは言わば特例であるが、劉邦とともに秦を倒し、後に劉邦に破れて天下を取ることが出来なかった項羽の伝記も、本来であれば「世家」に立てられるべきところ、司馬遷は彼の伝を「項羽本紀」として記録した。孔子や項羽の生き方、その人柄を司馬遷は高く評価したための特例であったのではなかろうか。

さて、「孔子世家」によって孔子の生涯をまとめると、およそ以下のようである。

孔子は、名は丘《きゅう》、字《あざな》は仲尼《ちゅうじ》で、魯の昌平郷陬邑《すうゆう》（今の山東省曲阜県）に生まれた。その生年については、司馬遷の『史記』孔子世家では襄公《じょうこう》二十二年（前五五二）というが、『春秋《しゅんじゅう》公羊伝《くようでん》』では襄公二十一年（前五五一）十一月庚子に生まれたという。

父は叔梁紇《しゅくりょうこつ》（叔梁が字、紇が名）といい、魯に仕える下級武士であった。宋の大夫《たいふ》であった孔防叔の子孫で、魯においては勇士として知られていた。母は顔《がん》氏の女《むすめ》で名を徴在《ちょうざい》といった。年若い徴在は叔梁紇の三人目の妻（正妻ではなく側室）として嫁ぎ、孔子を生んだ。孔子を生む前に、母徴在は尼丘山に祈りをささげた。ために尼丘山に因んで名を「丘」、字を「仲尼」としたと言われている。

孔子は三歳の時に父を亡くし、貧窮の幼少年時代を過ごすこととなった。孔子が「吾は少《わか》くして賤《いや》し。故に鄙事《ひじ》に多能なり」（『論語』子罕篇）と言うのは、そうした事情を述べたものと思われる。幼少時代の孔子は、礼儀を好み祭祀のまねごとをして遊んだという。十五歳で学問に志した孔子は、二十歳の時に結婚し、翌年には長男の鯉《り》が生まれている。こうした状況下にあって、孔子は魯の委吏（倉庫の出納係）や司職吏（家畜の飼育係）となったが、その勤務態度は公平実直なものであった。その後の役人生活については、よく分かっていない。

　三十歳の頃には、学問においては基礎が固まり自立することになったが、三十五歳の時に、魯の国では家臣であった三桓氏が政治の実権を握り、ために昭公は斉に亡命するという事態になった。孔子もまた昭公のあとを追って斉に行った。斉での滞在は約一年半であった。やがて魯に帰った孔子のもとには、その名声を聞いて入門する者が多くあった。しかし、孔子が仕官するのは五十二歳、魯の定公九年の時である。はじめは中都という町の宰（長官）となり、次いで司寇（司法官）、大司寇（司法長官）と栄転した。この間、定公の相（事務総長）として魯と斉との会盟で活躍するなど功績を挙げたが、他の重臣の圧力や隣国斉の妨害にもあって、結局、自分の理想とする政治を実践することなく、魯を去って諸国を遊説《ゆうぜい》することになる。孔子、五十六歳の時のことである。

　以後、十三年もの間、孔子は諸国を遍歴した。孔子が立ち寄った国や都市は、衛・匡《きょう》・鄭《てい》・曹・宋・陳・蔡《さい》・葉《よう》・楚などであるが、ついに政治への希望を空しくして、六十九歳の時に魯に帰った。

魯に戻ってからは、古典の整理や著述、門人の教育に力を注ぎ、魯の哀公の十六年（前四七九）に七十四歳で世を去った。

『論語』という書物

『論語』は、孔子とその弟子たちの言行録である。全十巻二十篇から成り、孔子およびその弟子に関する話を記録している。『漢書《かんじょ》』芸文志《げいもんし》には、次のように記されている。

> 論語とは、孔子、弟子《ていし》・時人に応答し、及び弟子相与《とも》に言いて、夫子《ふうし》に接文せし語なり。当時、弟子各《おの》おの記す所有り。夫子　既に卒《しゅつ》して、門人　相《あい》与に輯《あつ》めて論纂《ろんせん》す。故に之《これ》を論語と謂《い》う。

つまり、孔子の没後、門人たちが論述編集したものであるから『論語』と名付けたという。弟子たちは、かつて先生はこんなことを言われた、こんなことをされた、と各々の記憶をもとに『論語』をまとめた。従って『論語』に収める孔子の言葉は概して短いものが多い。

また、弟子たちが覚えやすいように繰り返しや対《つい》になる言葉が多用されており、こうした孔子の工夫があったために、『論語』として孔子の言葉が今日まで記録されて残ったとも言える。

『論語』は、応神天皇（二七〇～三一〇在位）の時に百済《くだら》の博士王仁《わに》によって日本に伝えられたと言われる。以後、盛んに読まれ、江戸時代には伊藤仁斎の『論語古義』十巻や荻生徂徠の『論語徴』十巻のような優れた注釈書も生まれた。

現在に伝わる『論語』は、以下の二十篇から成っている。

学而第一　為政第二　八佾《はちいつ》第三　里仁第四

公冶長《こうやちょう》第五　雍也《ようや》第六　述而第七　泰伯第八
子罕《しかん》第九　郷党第十　先進第十一　顔淵第十二
子路第十三　憲問第十四　衛霊公第十五　季氏第十六
陽貨第十七　微子第十八　子張第十九　堯曰《ぎょうえつ》第二十

これらの各篇については、例えば八佾篇には礼に関しての言葉が多く見られ、子張篇には門人の言葉ばかりが見られるなど、ある程度のまとまりのようなものは認められるが、別に統一性があるものではない。

また、各篇に付けられた篇名も、例えば「学而篇」では、「子曰、学而時習之」と篇の最初に置かれた章の冒頭の二字を取って篇名としているし、「為政篇」でも「子曰、為政以徳」の冒頭の二字を取って篇名としているように、便宜的なものであって、内容的に分類されたものではないようである。

以下、『論語』を読むための参考書として比較的入手しやすいものを紹介しよう。

吉川幸次郎『論語』中国古典選（朝日新聞社）

吉田賢抗『論語』新釈漢文大系（明治書院）
平岡武夫『論語』全釈漢文大系（集英社）
宇野哲人『論語』中国古典新書（明徳出版社）
貝塚茂樹『論語』中公文庫（中央公論社）
金谷　治『論語』岩波文庫（岩波書店）
木村英一『論語』講談社文庫（講談社）

『詩経』について

『詩経』は、周の初めから春秋にかけての詩、三〇五篇を孔子が編纂したものと言われている。司馬遷の『史記』孔子世家に拠れば、孔子は学ぶべき古典として、『易《えき》』『書』『礼』『春秋《しゅんじゅう》』を編纂したが、それとともに、それまで採詩の官が諸国を巡って採集していた三千余篇の詩の中から、重複したものを省き、礼義に施すべきもの三百五篇を選び、弦に合わせて歌えるようにしたという。これが今日のいわゆる『詩経』であり、それは中国最古の詩集であって、黄河流域を中心として生まれた北方の文学である。

『詩経』は、その体裁の上から、「風《ふう》」（地方の国々の民謡）・「雅《が》」（周王室の宮廷詩）・「頌《しょう》」（祭祀の歌）の三つに分けられる。このうち「風」は「国風」ともいわれ、周南・召南・邶《はい》・鄘《よう》・衛・王・鄭《てい》・斉・魏・唐・秦・陳・檜・曹・豳《ひん》の十五に分類される。また「雅」は小雅・大雅に、「頌」は周頌・魯頌・商頌に分けられる。

『詩経』は、また作詩法の上から、「賦《ふ》」（物事をありのままに述べる）・「比《ひ》」（喩《たと》えを用いる）・「興《きょう》」（主題を連想させる自然現象から歌いはじめる）の三つに分けられる。これら「風・雅・頌」と「賦・比・興」の六つを合わせて詩の「六義《りくぎ》」という。

　このように『詩経』の詩は、中国における最も古い時期の詩として、四言の形式、繰り返しの多用、という素朴な面を持ちながら、同時に脚韻や「比」「賦」「興」の修辞法といった技巧も施されている。また、詩の理論を説明している『詩経』の前書きに相当する「大序《たいじょ》」は、紀貫之の「古今和歌集の序」の拠り所となったものである。なお、

『詩経』は儒学の経典である「五経」の一つにあげられている。

『詩経』の注としては漢の毛亨《もうこう》・毛萇《もうちょう》による「毛伝《もうでん》」（伝は注釈の意）、後漢末の鄭玄《じょうげん》の「鄭箋《ていせん》」、それと南宋の朱子の「集伝《しっちゅう》」があり、「毛伝」「鄭箋」を古注、「集注」を新注と呼んでいる。

『詩経』を読むための参考書として、比較的手に入れやすいものとしては以下のよう

なものがある。

吉川幸次郎『詩経国風』中国詩人選集（岩波書店）

高田真治『詩経』漢詩大系（集英社）

目加田誠『詩経・楚辞』中国古典文学大系（平凡社）

石川忠久『詩経』中国古典新書（明徳出版社）

尾崎雄二郎『詩経国風・書経』世界古典文学全集（筑摩書房）

白川　静『詩経』中公新書（中央公論社）

乾　一夫『詩経』中国の名詩鑑賞（明治書院）

加納喜光『詩経』中国の古典（学習研究社）

中島みどり『詩経』中国詩文選（筑摩書房）

『論語』に見える『詩経』

『論語』の中には、『詩経』に言及している章が少なからずある。以下、それらを見てみよう。

○子《し》曰《いわ》く、「詩三百、一言《いちげん》以《もつ》て之《これ》を蔽《おお》う。曰く、思い邪《よこしま》無し」と。（為政篇）

先生が言われた、「『詩経』三百五篇の詩は（その内容は様々であるが）、一言でもってその全てを蔽い尽くすならば、思うところに邪念が無い、ということになる」と。

『詩経』は全三百五篇から成っており、「詩三百」といえば『詩経』のことである。詩

北辰。北極。天之樞也。居其所。不動也。共。向也。言衆星四面旋繞而歸向之也。爲政以德。則無爲而天下歸之。其象如此・程子曰。爲政以德・然後無爲。范氏曰。爲政以德則不動而化。不言而信。無爲而成。所守者至簡而能御煩。所處者至靜而能制動。所務者至寡而能服衆。

○子曰。詩三百。一言以蔽之。曰思無邪。

詩。三百十一篇。言三百者。舉大數也。蔽・猶蓋也。思無邪・魯頌駉篇之辭。凡詩之言・善者可以感發人之善心。惡者可以懲創人之逸志。其用歸於使人得其情性之正而已。然其言微婉。且或各因一事而發。求其直指全體。則未有若此之明且盡者。故夫子言詩三百篇。而惟此一言足以盡蓋其義。其示人之意・亦深切矣○程子曰。思無邪者。誠也范氏曰。學者必務知要。知要則能守約。守約則足以盡博矣。經禮三百。曲禮三千。亦可以一言以蔽之。曰毋不敬。

○子曰。道之以政。齊之以刑。民免而無

『論語』為政篇

経の詩は、そのすべてが作者の純真なる心情を発露したものである。作者の心には邪念が無いのである。

「詩三百」の語は『論語』（子路篇）の中に、次のようにも見えている。

○子曰く、「詩三百を誦すれども、之《これ》に授くるに政《まつりごと》を以《もつ》てして達せず。四方《しほう》に使いして、専対《せんたい》すること能《あた》わずんば、多しと雖《いえど》も亦《ま》た奚《なに》を以て為《な》さん」と。

先生が言われた、「『詩経』三百五篇の詩を口ずさむことができるようであっても、（その人に）一国の政治を委ね授けても政道に通達しない。四方の国々に使者として出向いても、独りで対応することができなければ、（その人が）どれほど多くの詩を知っていたとしても何の役にもたたないものだ」と。

すなわち孔子は、ただ単に『詩経』の詩を読んで多くの詩の内容を知っていたとしても、それを応用することができなければ意味がないと言うのである。要するに作者の真情の発露である詩を、表面的に記憶することではなく、詩を作った人の心に思いを致すことが大事であることを言うのであろう。

孔子は弟子たちに「詩を読め」ということをよく言っている。

○子曰《いわ》く、「小子《しょうし》何ぞ夫《か》の詩を学ぶこと莫《な》きか。詩は以《もっ》て興《おこ》す可《べ》く、以て観る可く、以て羣《ぐん》す可く、以て怨《うら》む可し。之《これ》を邇《ちか》くしては父に事《つか》え、之を遠くしては君《きみ》に事《つか》う。多く鳥獣草木の名を識《し》る」と。（陽貨篇）

先生が言われた、「お前たちは、どうしてあの詩を学ばないのか。詩を学べば感激を興すことができるし、風俗の盛衰を観察することができるし、多くの人と群れて楽しむことができるし、もの柔らかに怨みの情を言うこともできる。（詩を学んで心を養えば）近くは家にいてよく親につかえ、遠くしてはよく君主につかえることができる。（その上に）多くの鳥獣草木の名を知って、知識を広めることができる」と。

『詩経』の詩は、人の心が自然の事物に感化された興趣を発露したものである。したがって、詩を読むことによって、詩を詠んだ人の心を理解しなくてはならない。多くの詩を学ぶことによって、それが可能になると孔子は考えた。そのために、孔子は弟子たちに『詩』を学べ、と言うのである。

因みに、吉田賢抗『論語』新釈漢文大系（明治書院）のこの章の「鳥獣草木之名」の語釈には「試みに淵景山の詩疏図解によって草木鳥獣の名を数えてみると、おおよそ次のようである。草　五十種。木　五十二種。鳥　三十六種。獣　二十四種。魚　十四種。虫　十八種」とある。

孔子は弟子の教育のための教材として『詩経』の詩を用いた。孔子は常に弟子たちに

「詩を学べ」と言っていた。ある時、孔子の弟子の陳亢《ちんこう》が、孔子の実の子である伯魚（名は鯉）に、「あなたは孔子の実の子であるから、何か特別なことを教わっていないか？」と尋ねたということが、『論語』（季子篇）に次のように記されている。

○陳亢、伯魚に問いて曰く、「子《し》も亦《ま》た異聞有るか」と。対《こた》えて曰く、「未《いま》だし。嘗《かつ》て独《ひと》り立てり。鯉 趨《はし》りて庭《てい》を過ぐ。曰く、『詩を学びたるか』と。対《こた》えて曰く、『未だし』と。『詩を学ばざれば、以て言うこと無し』と。鯉 退《しりぞ》きて詩を学ぶ。他日、又《ま》た独り立てり。鯉 趨りて庭を過ぐ。曰く、『礼を学びたるか』と。対えて曰く、『未だし』と。『礼を学ばざれば、以て立つこと無し』と。鯉 退きて礼を学ぶ。斯《こ》の二者を聞けり」と。陳亢 退きて喜びて曰く、「一を問いて三を得たり。詩を聞き、礼を聞き、又た君子の 其の子を遠ざくるを聞けり」と。

陳亢が伯魚に尋ねて言った、「あなたは（先生のお子様でありますから）何か特別な教えを聞いていますか」と。（伯魚は）答えて言った、「今までそうしたことはありませんでした。（ただ）ある時（父が縁側に）一人で立っておられました。わたしは（父の前を）小走りに庭を通り過ぎました。（すると父が）『詩を学んだか』と言いました。（わたしは）『まだです』と答えました。（父は）『詩を学ばなければ、何も言うことはできないぞ』と言われました。（そこで）わたしは引き下がって詩を学びました。またある日のこと（父が縁側に）一人で立っておられました。わたしは（父の前を）小走りに庭を通り過ぎました。（すると父が）『礼を学んだか』と言いました。（わたしは）『まだです』と答えました。（父は）『礼を学ばなければ、（人として）世に立つことはできないぞ』と言われました。（そこで）わたしは引き下がって礼を学びました。（特に言えば）この二つのことを聞いています」と。陳亢は退出して喜んで言うことには、「一つのことを尋ねただけで三つ（の有益な教え）を聞くことができた。詩（の大切さ）を聞き、礼（の必要性）を聞き、さらに君子は我が子であっても特別扱いしないということを知ることができた」と。

ここでも孔子は「詩を学べ」と言っている。ただ「詩を学ばざれば、以て言うこと無し」と伯魚に教えるだけで、なぜ詩を学ばなければ、ものを言うことができないのか、ということは言っていない。教育者としての孔子の一面をも窺い知ることのできる章と言えよう。

『詩経』に関わる孔子と伯魚とのやりとりは、『論語』陽貨篇にも見えている。

○子《し》伯魚《はくぎょ》に謂《い》いて曰く、「女《なんじ》は周南《しゅうなん》・召南《しょうなん》を為《まな》びたるか。人にして周南・召何を為《まな》ばずんば、其《そ》れ猶《な》お正しく牆《しょう》に面して立つがごときか」と。

先生が伯魚に（向かって）言うには、「お前は（『詩経』の最初の二篇である）周南・召南の詩を学んだことがあるか。人として周南・召南の詩を学ばなければ、それはあたかも土塀の真ん中に面と向かって立っているようなもので（左右も見えないし、前進もできないので）ある」と。

『詩経』の初めには「国風」が置かれている。「国風」とは、周王朝（前一一二二～二四七年）の時代の国々で謡われた言わば民謡であり、十五国風（周南・召南・邶《はい》風・鄘《よう》風・衛風・王風・鄭《てい》風・斉風・魏風・唐風・秦風・陳風・檜《かい》風・曹風・豳《ひん》風）の初めに「周南・召南」の二篇があって、そこでは男女、夫婦の愛情を歌う内容の詩が多い。

『詩経』の詩

1　良き連れ合い（『詩経《しきょう》』国風《こくふう》・周南《しゅうなん》・関雎《かんしょ》）

関《かん》　雎《しょ》

関関雎鳩　関関《かんかん》たる雎鳩《しょきゅう》は
在河之洲　河《かわ》の洲《す》に在《あ》り
窈窕淑女　窈窕《ようちょう》たる淑女は
君子好逑　君子の好逑《こうきゅう》

やわらぎ鳴くみさごは
河の中州にいる
（そのように）淑《しと》やかな良き娘は
良き人の良き連れ合い

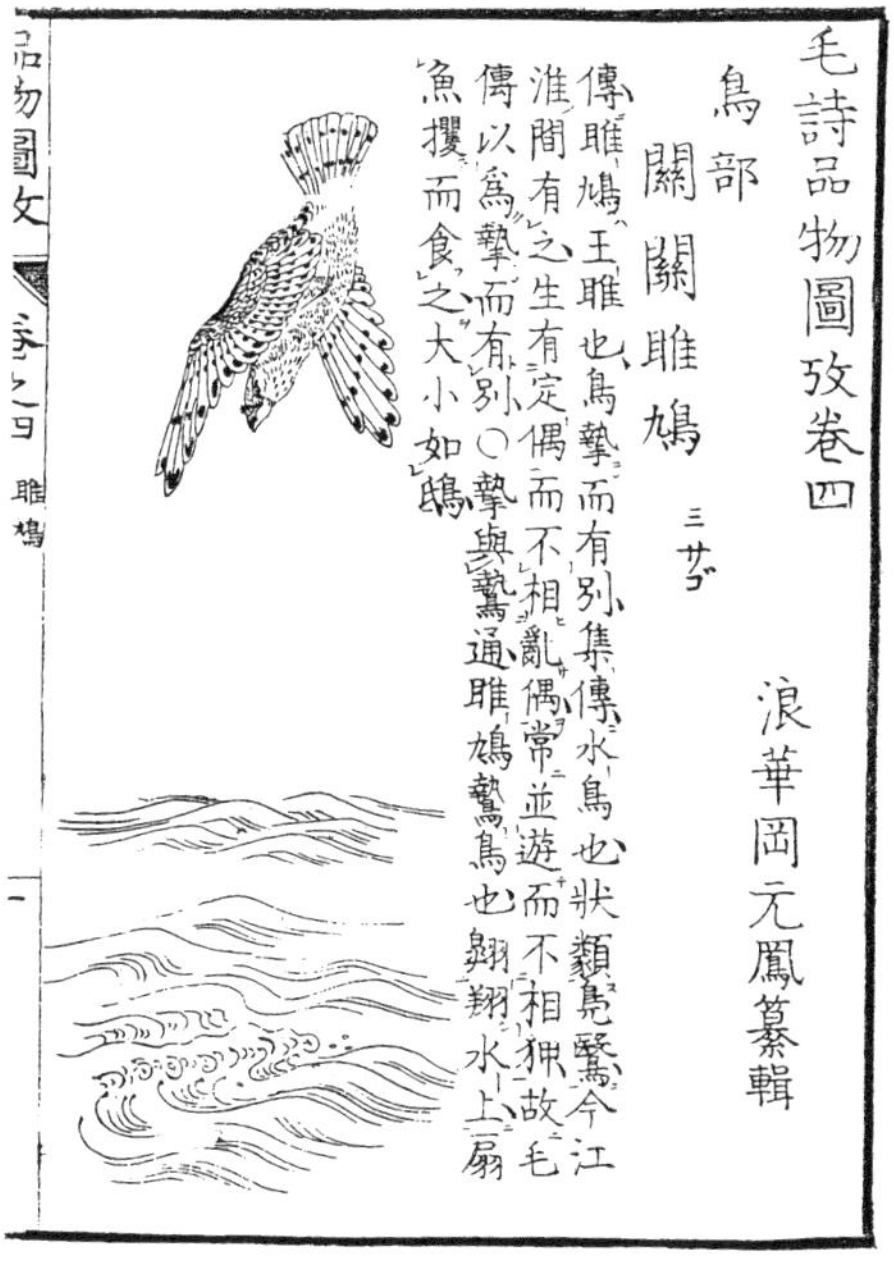
毛詩品物圖攷巻四　　浪華岡元鳳纂輯
鳥部
關關雎鳩　ミサゴ
傳雎鳩王雎也鳥摯而有別集傳水鳥也狀類鳧鷖今江
淮間有之生有定偶而不相亂偶常並遊而不相狎故毛
傳以爲摯而有別○摯與鷙通雎鳩鷙鳥也翱翔水上扇
魚攫而食之大小如鴟
雎鳩

参差荇菜
左右流之
窈窕淑女
寤寐求之
求之不得
寤寐思服
悠哉悠哉
輾転反側

参差《しんし》たる荇菜《こうさい》は
左右に之《これ》を流《もと》む
窈窕《ようちょう》たる淑女は
寤寐《ごび》に之を求む
之を求めて得ざれば
寤寐に思服《しふく》す
悠《ゆう》なる哉《かな》　悠なる哉
輾転《てんてん》　反側《はんそく》す

入り乱れて茂るあさざは
左に右にそれを（流れに沿って）探し求める
（そのように）淑やかな良き娘は
寝ても覚めても探し求める

探し求めて出会えなければ
寝ても覚めても思い求める
はるかなるかな　はるかなるかな
夜もすがら寝返りを打つばかり

参差荇菜　参差《しんし》たる荇菜《こうさい》は
左右采之　左右に之を采《と》る
窈窕淑女　窈窕《ようちょう》たる淑女は
琴瑟友之　琴瑟《きんしつ》もて之《これ》を友とす
参差荇菜　参差《しんし》たる荇菜《こうさい》は
左右芼之　左右に之を芼《えら》ぶ
窈窕淑女　窈窕《ようちょう》たる淑女は
鍾鼓楽之　鍾鼓《しょうこ》もて之を楽しむ

入り乱れて茂るあさざは
左に右にそれを摘み取る
（そのようにして探し求めた）淑やかな良き娘は
琴と瑟を弾いてこれを友として親しむ
入り乱れて茂るあさざは
左に右にそれを選び分け取る
（そのようにして選び求められた）淑やかな良き娘は
鐘と太鼓を打ち鳴らしてこれと楽しむ

第一章では、河の中州で仲睦まじく鳴き交わすみさごを歌うことによって、若き男女が良き連れ合いを見出すことを引き興している。これはいわゆる「興《きょう》」（はじめに自然の物を歌い起こし、そこから人事に関わることを連想させる隠喩）の手法である。続く第二章・第三章においても、あさざを水の流れに沿って探し求め、それを摘み取り、選び分けることを歌い、そのようにして「窈窕たる淑女」を求めるということを引き興している。

この「関雎」の詩は、『論語』の中にも言及されている。『論語』八佾篇では、

○子曰く、「関雎は、楽しみて淫せず、哀しみて傷《やぶ》らず」と。

先生が言われた、「関雎の詩は、いかにも楽しげであるが度を過ぎることはなく、哀しい情を歌うところもあるが心を痛めるということはない」と。

「関雎」は『詩経』の冒頭の詩であるために、しばしば『詩経』を代表する作品とされる。『論語』の孔子の言葉も、ただ単に「関雎」の詩のみを言うのではなく、『詩経』の詩すべてを指して言ったものとも考えられる。

定公魯君名宋。二者皆理之當然。各欲自盡而已。○呂氏曰使臣不患其不忠。患禮之不至。事君不患其無禮。患忠之不足。尹氏曰君臣以義合者也。故君使臣以禮。則臣事君以忠。

○子曰關雎樂而不淫。哀而不傷。（樂音洛）

關雎周南國風詩之首篇也。淫者樂之過而失其正者也。傷者哀之過而害於和者也。關雎之詩言后妃之德宜配君子。求之未得則不能無寤寐反側之憂。求而得之則宜其有琴瑟鐘鼓之樂。蓋其憂雖深而不害於和。其樂雖盛而不失其正。故夫子稱之如此。欲學者玩其辭審其音。而有以識其性情之正也。

○哀公問社於宰我。宰我對曰夏后氏以松殷人以柏周人以栗。曰使民戰栗。

宰我孔子弟子名予。三代之社不同者。古者立社各樹其土之所宜木以爲主也。戰栗恐懼貌。宰我又言周所

『論語』 八佾篇

また、『論語』泰伯篇では、

○子曰く、「師摯《しし》の始《し》は、関雎の乱、洋洋乎《ようようこ》として耳に盈《み》てる哉《かな》」と。

先生が言われた、「魯の楽師長の摯《し》が演奏する四始は、関雎の情緒が乱れるさまは、美しく盛んであり（曲が終わった後も）余韻が耳に残っているなあ」と。

ここの「始」とは、四始のことで、『詩経』の風の始めの「関雎」、小雅の始めの「鹿鳴」、大雅の始めの「文王」、頌の始めの「清廟」の四つをいう。「関雎の乱」というのは、「関雎」の詩は、君子が淑女を探し求め、輾転反側して、ついに理想の淑女を得た、という内容であるから、このように言ったのであろう。当時の詩は、演奏に合わせて歌われたのである。

2　娘の結婚を祝う（『詩経』国風・周南・桃夭《とうよう》）

桃《とう》　夭《よう》

桃之夭夭　桃《もも》の夭夭《ようよう》たる
灼灼其華　灼灼《しゃくしゃく》たり　其《そ》の華《はな》
之子于帰　之《こ》の子《こ》　于《ゆ》き帰《とつ》ぐ
宜其室家　其《そ》の室家《しつか》に宜《よろ》しからん

桃の木は若々しく
その花は今を盛りと華やかに咲いている
この娘がお嫁に行けば
きっと嫁ぎ先にふさわしい妻になるであろう

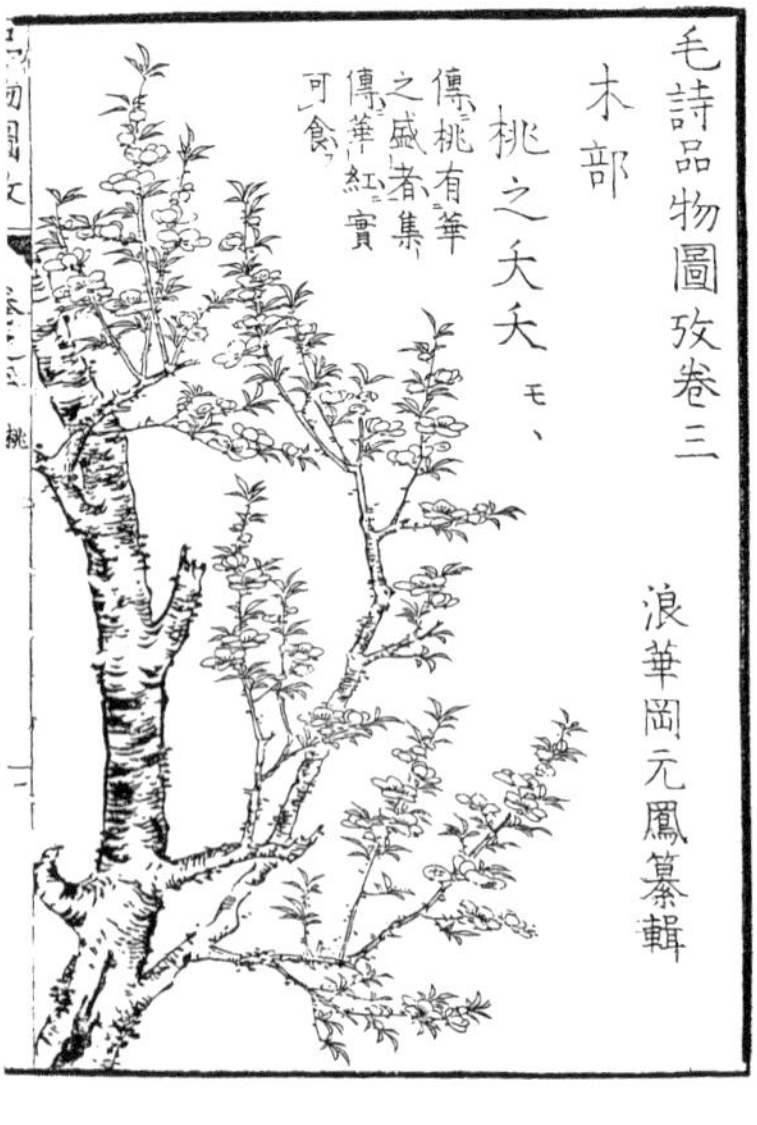

桃之夭夭　桃《もも》の夭夭《ようよう》たる
有蕡其実　蕡《ふん》たる其《そ》の実《み》有り
之子于帰　之《こ》の子《こ》　于《ゆ》き帰《とつ》ぐ
宜其家室　其《そ》の家室《かしつ》に宜《よろ》しからん

桃の木は若々しく
その実はたわわに成っている
この娘がお嫁に行けば
きっと嫁ぎ先にふさわしい妻になるであろう

桃之夭夭　桃《もも》の夭夭《ようよう》たる
其葉蓁蓁　其の葉　蓁蓁《しんしん》たり
之子于帰　之《こ》の子《こ》　于《ゆ》き帰《とつ》ぐ

宜其家人　其《そ》の家人《かじん》に宜《よろ》しからん

桃の木は若々しく
その葉は生い茂っている
この娘がお嫁に行けば
きっと嫁ぎ先のみんなとうまくやっていくであろう

「桃夭」の詩は、嫁ぎ行く若き娘を祝福する素朴な民歌である。桃の若木を歌い興すことによって、若い娘を連想させるという、いわゆる「興《きょう》」（自然の事物を歌うことによって、そこから人事に関わることを想起させる隠喩法）の手法が用いられている。

全て三章から成るこの詩の第一章では嫁ぎ行く娘の艶やかな美しさを、今を盛りと咲く桃の花によって喩えている。第二章では娘が多くの子宝に恵まれることを、たわわに成った桃の実によって喩え、第三章では嫁ぎ先の繁栄を、生い茂る桃の葉によって喩えている。

『万葉集』巻十九に、次のような大伴家持の歌が収められている。

春の園《その》　紅《くれない》にほふ　桃の花　下照《したて》る道に　出《い》で立つ娘子《おとめ》

この歌は、「桃夭」の詩と趣を同じくするものがあるように感じられる。

3　我が心は石に匪《あら》ず（『詩経』国風・邶風《はいふう》・柏舟《はくしゅう》）

柏《はく》　舟《しゅう》

汎彼柏舟　汎《はん》たる彼《か》の柏舟《はくしゅう》
亦汎其流　亦《ま》た汎として其《そ》れ流る
耿耿不寝　耿耿《こうこう》として寝《い》ねられず
如有隠憂　隠憂《いんゆう》有るが如《ごと》し
微我無酒　我に酒の
以敖以遊　以《もっ》て敖《たの》しみ以《もっ》て遊ぶもの無きに微《あら》ず

ただよい浮かぶあの柏《ひのき》の舟は
流れのままに漂って行く

（そのように寄る辺ないわたしは）心の憂いのために寝ることもできず
心を痛める憂いを懐いている
わたしには　心をのどかにしてくれる酒が無いわけではないのだが

我心匪鑒　　我が心は鑒《かがみ》に匪《あら》ず
不可以茹　　以《もつ》て茹《はか》る可《べ》からず
亦有兄弟　　亦《ま》た兄弟《けいてい》有れども
不可以據　　以て據《よ》る可からず
薄言往愬　　薄《いささ》か言《われ》　往《ゆ》きて愬《うった》うれば
逢彼之怒　　彼《かれ》の怒りに逢《あ》う

わたしの心は鏡ではないから
人の心を推し量ることはできない

（わたしには）兄弟もいるけれども
それも当てにならない
（兄弟の所へ）不満を言いに行ったら
（かえって）彼らに叱られてしまった

我心匪石　我が心は石に匪《あら》ず
不可転也　転ず可からざるなり
我心匪席　我が心は席《むしろ》に匪ず
不可巻也　巻く可からざるなり
威儀棣棣　威儀は棣棣《ていてい》として
不可選也　選《かぞ》う可からざるなり

わたしの心は石ではないから

転がして変えることはできない
わたしの心はむしろではないから
巻いて丸めることはできない
立ち居振る舞いは立派であって
数えることもできないほどであった

憂心悄悄　憂心　悄悄《しょうしょう》として
慍于羣小　羣小《ぐんしょう》に慍《うら》まる
覯閔既多　閔《うれ》いに覯《あ》うこと既《すで》に多く
受侮不少　侮《あなど》りを受くること少なからず
静言思之　静かに言《われ》　之《これ》を思えば
寤擗有摽　寤《さ》めて擗《むねう》つこと摽《ひょう》たる有り

憂いの心に沈んでしまい
つまらない連中に恨めしく思われる
辛いことにも何度も出くわし
侮辱を受けたことも多くあった
心静かにわたしは考え込んで
眠られないまま胸を打つばかり

日居月諸　　日や 月や
胡迭而微　　胡《なん》ぞ迭《たが》いに微《か》くるや
心之憂矣　　心の憂うるは
如匪澣衣　　澣《あら》わ匪《ざ》る衣《ころも》の如《ごと》し
静言思之　　静かに言《われ》 之《これ》を思えば
不能奮飛　　奮飛《ふんぴ》する能《あた》わず

日よ　月よ
どうして順番に欠けてゆくのか
憂いに沈んだ心は
洗わない着物のようである
静かにわたしは考え込んで
（鳥のように）飛び立つこともできずにいる

この「柏舟」の詩は、冒頭で流れに浮かび漂う柏《ひのき》の舟を歌うことによって、寄る辺のない作者の置かれた状況を連想させるという「興」の手法が用いられている。また「我心匪鑑」（我が心は鑑《かがみ》に匪《あら》ず）、「我心匪石」（我が心は石に匪ず）、「我心匪席」（我が心は席《むしろ》に匪ず）という繰り返しの中に込められた作者の言い知れぬ思いは、同じ表現を繰り返すことによって、よりいっそう読者に印象づけられる。

この詩から「我が心　石に非ず、転ず可からず」は、心が確固としていて不動であることの喩えとして用いられている。

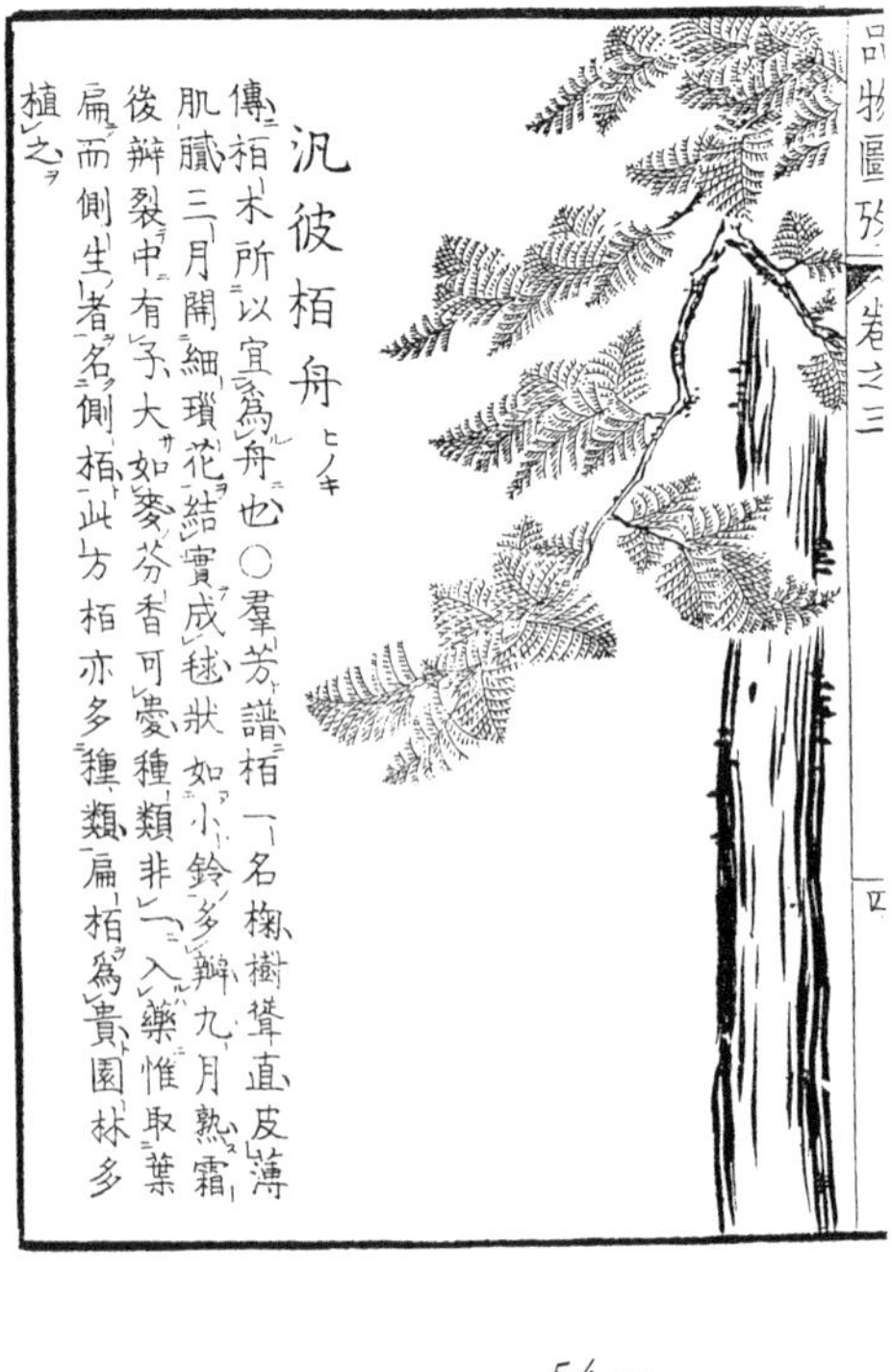
品物圖攷 巻之三 四

汎彼栢舟 ヒノキ

傳栢木所以宜爲舟也○羣芳譜栢一名椈樹聳直皮薄肌膩三月開細瑣花結實成毬狀如小鈴多瓣九月熟霜後瓣裂中有子大如麥芬香可愛種類非一入藥惟取葉扁而側生者名側栢此方栢亦多種類扁栢爲貴園林多植之

4　母を思う子供たち（『詩経』国風・邶風《はいふう》・凱風《がいふう》）

凱《がい》風《ふう》

凱風自南　凱風《がいふう》南自《よ》りし
吹彼棘心　彼《か》の棘心《きよくしん》を吹く
棘心夭夭　棘心《きよくしん》夭夭《ようよう》たれば
母氏劬労　母氏《ぼし》劬労《くろう》せり

暖かな南風《みなみかぜ》が南から吹いてきて
いばらの若芽を吹き動かす
いばらの若芽は　まだまだ若いので
母上のご苦労は大変なものであった

凱風自南　凱風《がいふう》 南自《よ》りし
吹彼棘薪　彼《か》の棘薪《きよくしん》を吹く
母氏聖善　母氏《ぼし》 聖善なるに
我無令人　我に令人《れいじん》無し

暖かな南風が南から吹いてきて
あの成長したいばらの木を吹き動かす
母上はご立派な善《よ》き人であられるのに
われわれ子供の中には　すぐれた者はいない

爰有寒泉　爰《ここ》に寒泉《かんせん》有り
在浚之下　浚《しゅん》の下に在り
有子七人　子《こ》 七人《しちにん》有るに

母氏労苦　母氏《ぼし》労苦《ろうく》す

ここには冷たい泉があって
浚《しゅん》の町のもとにある
ここには七人の子供がいながら
母上に苦労をかけている

睍睆黄鳥　睍睆《けんかん》たる黄鳥《こうちょう》は
載好其音　載《すなわ》ち其《そ》の音《いん》を好《よ》くす
有子七人　子《こ》七人《しちにん》有るに
莫慰母心　母心《ぼしん》を慰むる莫《な》し

美しく鳴くうぐいすは

いい声で鳴いている
ここには七人の子供がいながら
母上の心を慰めることもできない

この詩は、母親が苦労をして我々を育てて下さったのに、母に対して何の孝行もできていない、という子供たちの思いを歌うものである。

朱子の「集伝」では、それぞれの章について、次のように説明している。

・第一章「凱風を以て母に比し、棘心もて子の幼時に比す。蓋《けだ》し曰ふ、母は衆子を生み、幼にして之を育す。其の劬労《くろう》は甚だしと。其の始めに本づきて言い、以て自《みずか》ら責むるの端を起こすなり」。すなわち、「凱風」を母に、「棘心」を幼い子に喩えて、母親が幼い子供たちを育む苦労を言うことによって、その母の恩に報いることのできないことをみずから責めるという。

・第二章　「棘は以て薪と為す可くして、則ち成る。然《しか》れども美材に非ず。故《ゆえ》に以て子の壮大にして善《ぜん》無きを興す。復《ま》た聖善を以て其の母を称して、自ら令人《れいじん》無しと謂《い》う。其の自ら責むるや深し」。すなわち、母親は立派な人であるのに、子供たちはつまらない者ばかりであると、みずからを深く責めているという。

・第三章　「諸子は自《みずか》ら責めて言う、寒泉は浚《しゅん》の下に在りて、猶《な》お能《よ》く浚に滋益《じえき》する所有り。而《しか》るに子《こ》七人有りて、反《かえ》って母に事《つか》うる能《あた》わずして、母をして労苦するに至らしむるか。是《ここ》に於いて乃ち微《かす》かに其の事を指すが若《ごと》くにして、而も痛く自ら刻責し、以て其の母の心を感動せしむるなり。母は淫風の流行するを以て、自ら守る能わず。而して諸子は自ら責め、但《た》だ以て母に事うる能わず、母をして労苦せしむるを詞と為すのみ」。すなわち、寒泉は浚の町の下にありながら、浚の町を潤している。それなのに子供たちは母に孝行することもできず、苦労ばかりかけている、とみずからを責めているという。

・第四章　「言うこころは、黄鳥すら猶お能く其の音を好《よ》くして以て人を悦《よろこ》ばしむ。而

るに我れら七子は、独り母心を慰悦すること能わざらんや」。すなわち、黄鳥ですら
その美しい鳴き声で人を悦ばせることができるのに、子供たちは母の心を慰めること
もできないと、みずからを責めるという。

このように、「凱風」の詩は、従来「孝子の歌」として解されている。

5　愛しいあの娘（『詩経』国風・邶風《はいふう》・静女《せいじょ》）

静《せい》　女《じょ》

静女其姝　　静女《せいじょ》　其《そ》れ姝《しゅ》たり
俟我於城隅　我を城の隅《すみ》に俟《ま》つ
愛而不見　　愛すれども見えず
搔首踟躕　　首《こうべ》を搔《か》きて踟躕《ちちゅう》す

静かで淑《しと》やかなあの娘の　なんと美しいことよ
わたしを町外《はず》れで待っていてくれる（はずである）
愛《いと》おしく思って出かけたのに（どうしたのか）見当たらない
（それでわたしは）頭を搔きながら歩き回って（待って）いるばかり

静女其孌　　静如　其れ孌《れん》たり
貽我彤管　　我に彤管《とうかん》を貽《おく》る
彤管有煒　　彤管　煒《い》たる有り
説懌女美　　女《なんじ》の美を説懌《えつえき》す

静かで淑やかなあの娘の　なんと艶やかなことよ
わたしに赤い筆を贈ってくれた
その赤い筆はあかあかと輝いている
（わたしは）あの娘の贈り物が嬉しくてたまらない

自牧帰荑　　牧《ぼく》自《よ》り荑《つばな》を帰《おく》る
洵美且異　　洵《まこと》に美《び》にして且《か》つ異《い》なり
匪女之為美　女《なんじ》の美《び》為《た》るに匪《あら》ず

美人之貽　　美人の貽《おくりもの》なり

（あの娘が）野原からつばなを贈ってくれた
ほんとうに美しくて珍しいものである
（しかし）つばなが美しいというのではない
美しい人が贈ってくれたから（嬉しいのだ）

この詩は、若き男女の恋愛のさまを歌ったものである。第一章では、知り合ってまだ日も浅い頃のことであろう。逢い引きの約束の場所に、なかなか姿を見せない彼女を待ち続ける男の様子が歌われている。第二章では、彼女からのプレゼントをもらった男の嬉しそうな様子が描かれている。このプレゼントは或いは彼女からの初めての贈り物であったのかも知れない。第三章では、彼女からのプレゼントは野に咲くつばなである。改まった感じを与える贈り物でないことから、二人の仲がより親密になっていることが想像できる。

島崎藤村の「初恋」の詩を見てみよう。

まだあげ初《そ》めし前髪の
林檎《りんご》のもとに見えしとき
前にさしたる花櫛《はなぐし》の
花ある君と思ひけり

やさしく白き手をのべて
林檎をわれにあたへしは
薄紅《うすくれない》の秋の実に
人こひ初めしはじめなり

わがこころなきためいきの
その髪の毛にかかるとき
たのしき恋の盃《さかずき》を
君が情《なさけ》に酌《く》みしかな

林檎畠《ばたけ》の樹《こ》の下に
おのづからなる細道は
誰《た》が踏みそめしかたみぞと
問ひたまふこそこひしけれ

初々しい恋愛の情を歌った詩であるが、これは「静女」の詩とも相通ずるものであり、こうした感情は、国の別なく、また時を越えて今も昔も人々が素直に懐くものではなかろうか。

6　切《せつ》磋《さ》琢《たく》磨《ま》（『詩経』国風・衛風《えいふう》・淇奥《きいく》）

淇《き》　奥《いく》

瞻彼淇奥
緑竹猗猗
有匪君子
如切如磋
如琢如磨
瑟兮僩兮
赫兮咺兮
有匪君子
終不可諼

彼《か》の淇奥《きいく》を瞻《み》れば
緑竹　猗猗《いい》たり
匪《ひ》たる君子《くんし》有り
切するが如《ごと》く　磋するが如く
琢するが如く　磨するが如し
瑟《しつ》たり　僩《かん》たり
赫《かく》たり　咺《けん》たり
匪《ひ》たる君子《くんし》有り
終《つい》に諼《わす》る可《べ》からず

あの淇水《きすい》の隈《くま》を眺めれば、緑の竹が美しく茂っている。鮮やかにも麗しき君子は、切磋琢磨して修養に励んでおられる。身を慎み寛大で、明らかに輝いておられる。鮮やかにも麗しき君子は、いつまでも忘れられない。

瞻彼淇奥　彼《か》の淇奥《きいく》を瞻《み》れば
緑竹青青　緑竹　青青《せいせい》たり
有匪君子　匪《ひ》たる君子《くんし》有り
充耳琇瑩　充耳《じゅうじ》は琇瑩《しゅうえい》
会弁如星　会弁《かいべん》は星の如し
瑟兮僩兮　瑟《しつ》たり　僩《かん》たり
赫兮咺兮　赫《かく》たり　咺《けん》たり
有匪君子　匪《ひ》たる君子《くんし》有り
終不可諼　終《つい》に諼《わす》る可《べ》からず

あの淇水《きすい》の隈《くま》を眺めれば、緑の竹が青青と茂っている。鮮やかにも麗しき君子は、耳飾りは宝石がちりばめられ、冠は星のごとく輝く。身を慎み寛大で、明らかに輝いておられる。うるわしき君子は、いつまでも忘れられない。

瞻彼淇奥　　彼《か》の淇奥《きいく》を瞻《み》れば
緑竹如簀　　緑竹　簀《さく》の如し
有匪君子　　匪《ひ》たる君子《くんし》有り
如金如錫　　金《きん》の如く　錫《しゃく》の如く
如珪如璧　　珪《けい》の如く　璧《へき》の如し
寛兮綽兮　　寛《かん》たり　綽《しゃく》たり
猗重較兮　　重較《ちょうかく》に猗《よ》る
善戯謔兮　　善《よ》く戯謔《ぎぎゃく》すれども
不為虐兮　　虐《ぎゃく》を為《な》さず

あの淇水《きすい》の隈《くま》を眺めれば、緑の竹が簀《すのこ》のように並んで茂っている。鮮やかにも麗しき君子は、黄金のように白銀のように、珪や璧のように美しくりっぱである。ゆったりとして伸びやかに、車の横木によりかかる。しゃれた冗談も言われるが、度を超すことはない。

『詩経』の注には、「切磋琢磨」について、「骨を治むるを切と曰《い》い、象（牙）に磋と曰い、玉に琢と曰い、石に磨と曰う。其の学んで成るを道《い》うなり」とあり、象牙や石を加工して磨き上げ、美しい宝物に仕上げるように、学問に精励して徳を修めることであるとする。

この『詩経』の「切磋琢磨」の篇は、『論語』（学而篇）の中にも、次のように見えている。

○子貢《しこう》問いて曰く、「貧しくして諂《へつら》うこと無く、富みて驕《おご》ること無きは、何如《いかん》」と。

子曰く、「可《か》なり。未だ貧しくして楽しみ、富みて礼を好む者に若《し》かざるなり」と。子貢曰く、「詩に云《い》う、『切するが如《ごと》く磋するが如く、琢するが如く磨するが如し』とは、其《そ》れ斯《こ》れを之《こ》れ謂《い》うか」と。子曰く、「賜《し》や、始めて与《とも》に詩を言う可きのみ。諸《これ》に往を告げて来を知る者なり」と。

（孔子の弟子の）子貢（字《あざな》は賜）が尋ねて言った、「貧乏であっても他人にへつらって（卑屈になる）こともなく、裕福であっても他人におごり高ぶることがないのは、どうでしょうか」と。先生は言われた、「まずはよかろう。（しかし）貧乏であっても道を楽しみ、裕福であっても礼儀を好み行うには、まだ及ばない」と。子貢が言った、「『詩経』に、『切磋琢磨（磨きをかけて修養に励む）と言っていますが、先生の言われるのはこのことでしょうか」と。先生は言った、「賜よ、（これでこそ）始めて『詩経』を語り合うことができる。（お前は）既に言ったことから、まだ言っていないことが推察できる者である」と。

7　出征した夫を思う（『詩経』国風・衛風《えいふう》・伯兮《はくけい》）

伯《はく》　兮《けい》

伯兮朅兮　伯《はく》や 朅《けつ》なり
邦之桀兮　邦《くに》の桀《けつ》なり
伯也執殳　伯や 殳《しゅ》を執《と》り
為王前駆　王の為《ため》に前駆《ぜんく》す

わが夫は　武勇にすぐれ
国の勇士でいらっしゃる
わが夫は　殳《やり》を手に取り
主君の車の先駆《さきが》けとなっておられる

自伯之東　伯の東《ひがし》して自《よ》り
首如飛蓬　首《こうべ》は飛《ひ》蓬《ほう》の如《ごと》し
豈無膏沐　豈《あ》に膏《こう》と沐《もく》と無からんや
誰適為容　誰《だれ》をか適《あるじ》として容《よう》を為《な》さん

（わが夫が）東の方へ出征してから
わたしの頭は飛ぶ蓬《よもぎ》のように乱れたまま
髪を洗い油を付けることもできますが
誰のためにお化粧をしましょうか

其雨其雨　其《そ》れ雨ふれ　其《そ》れ雨ふれ
杲杲出日　杲杲《こうこう》として出《い》づる日あり
願言思伯　願《おも》いて言《われ》　伯《はく》を思えば

甘心首疾　　心に甘んじて首疾《しゅしつ》す

雨よ降れ　雨よ降れ（と願っているのに）
明るい太陽が出ている
わたしは夫の帰りを待ちわびて
胸がいっぱいになって頭痛がするほどです

焉得諼草　　焉《いずく》にか諼草《けんそう》を得て
言樹之背　　言《われ》は之《これ》を背《はい》に樹《う》えん
願言思伯　　願《おも》いて言《われ》　伯《はく》を思えば
使我心痗　　我が心をして痗《や》ましむ

どこかで忘れ草をさがして

わたしはそれを奥の庭に植えたい
わたしは夫のことばかりを思い
心は病気になってしまいそう

　戦地に行ってしまった夫のことを思い、心を痛める妻の心情が切々と詠まれている詩である。「願《おも》いて言《われ》伯《はく》を思えば、心に甘んじて首疾《しゅしつ》す」、「願《おも》いて言《われ》伯《はく》を思えば、我が心をして痗《や》ましむ」という繰り返しの中に、夫への妻の思いが凝縮されているように感じられる。

　この詩の中に「誰《だれ》をか適《あるじ》として容《よう》を為《な》さん」という表現があるが、これは司馬遷の『史記』豫譲《よじょう》伝（刺客列伝）に「女《おんな》は己《おのれ》を悦《よろこ》ぶ者の為《ため》に容《かたちづく》る」とあるのと同じ心情であり、これは女性の本心からの思いではなかろうか。豫譲は自分を手厚くもてなしてくれた智伯《ちはく》が趙襄《ちょうじょう》子《し》に討たれた後、その復讐を誓い、「嗟乎《ああ》、士は己を知る者の為に死し、女は己を悦ぶ者の為に容る。今、智伯は我を知れり。我は必ず為に讎《あだ》を報じて死し、以て智伯に報ずれば、則ち吾が魂魄《こんぱく》は愧《は》じざらん」と言って、襄子の暗殺を計ったということが、『史記』に記されている。

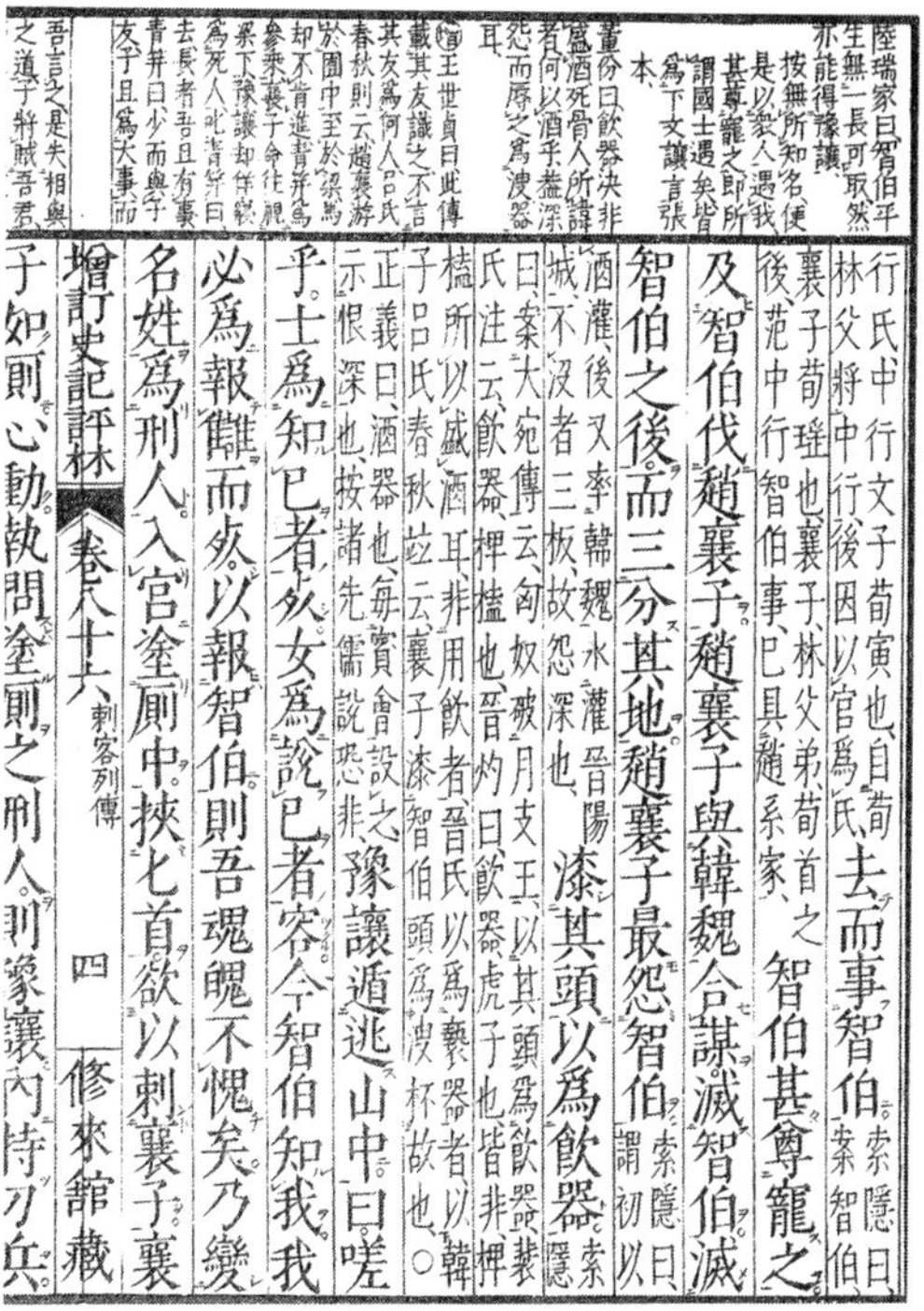
陸瑞家曰、智伯平生無一長可取、然亦能得豫讓、按無所知名、使是以衆人遇我、甚尊寵之、即所謂國士遇矣、皆爲下文讓言張本、
董份曰、飲器決非盛酒、死骨人所諱、者何以酒乎、蓋深怨而辱之爲溲器耳、
(増)王世貞曰、此傳載其友識之、不言其友爲何人、呂氏春秋則云、趙襄游於圃中、至於梁、馬卻不肯進、青荓爲參乘、襄子命往視梁下、豫讓却佯爲死人、叱青荓曰、去、長者吾且有事、青荓曰、少而與子友、子且爲大事、而吾言之、是失相與之道、子將賊吾君、

行氏中行文子荀寅也、自荀林父將中行、後因以官爲氏、去而事智伯。索隱曰、索智伯、
襄子荀瑤也、襄子、林父弟荀首之後、范中行智伯事、已具趙系家、智伯甚尊寵之。
及智伯伐趙襄子、趙襄子與韓魏合謀滅智伯。滅
智伯之後而三分其地。趙襄子最怨智伯。索隱曰、謂初以
酒灌、後又率韓魏水灌晉陽城、不沒者三板、故怨深也、漆其頭以爲飲器。索隱
曰、案大宛傳云、匈奴破月支王、以其頭爲飲器、裴氏注云、飲器、椑榼也、晉灼曰、飲器、虎子也、皆非、椑
榼所以盛酒耳、非用飲者、晉氏以爲褻器者、以韓子呂氏春秋並云、襄子漆智伯頭爲溲杯、故也、○
正義曰、酒器也、毎賓會設之、示恨深也、按諸先儒説恐非、豫讓遁逃山中曰、嗟
乎、士爲知己者死、女爲説己者容、今智伯知我、我
必爲報讎而死、以報智伯、則吾魂魄不愧矣、乃變
名姓爲刑人、入宮塗廁中、挾匕首、欲以刺襄子、襄
子如廁、心動、執問塗廁之刑人、則豫讓、内持刀兵、
増訂史記評林　巻八十六　刺客列傳　四　修來館藏

『史記』豫讓伝（和刻本）

8　色男（『詩経』国風・鄭風《ていふう》・狡童《こうどう》）

狡《こう》　童《どう》

彼狡童兮　　彼《か》の狡童《こうどう》は
不与我言兮　　我と言《ものい》わず
維子之故　　維《まこと》に子《し》の故《ゆえ》に
使我不能餐兮　　我をして餐《さん》する能《あた》わざら使《し》む

あのずるい悪童は
わたしと物も言わない
本当にあんたのために
わたしは食事も喉を通らない

彼狡童兮　　彼《か》の狡童《こうどう》は
不与我食兮　我と食《くら》わず
維子之故　　維《まこと》に子《し》の故《ゆえ》に
使我不能息兮　我をして息《いこ》う能《あた》わざら使《し》む

あのずるい悪童は
わたしと一緒に食事もしない
本当にあんたのために
わたしは休むこともできない

この詩は、男に棄てられた女が、なおもその男を思い、男のつれなさを怨む内容のものである。この解釈は古注に従ったものであるが、新注では別の解釈をする。

すなわち、「使我不能餐兮」の句について、古注の「毛伝」では「憂懼《ゆうく》して餐するに遑《いとま》あらざるなり」（心配で食事も喉を通らない）とするが、朱子の「集注」では「言うこころは、己を悦《よろこ》ぶ者は衆《おお》し。子《し》は絶《た》たると雖《いえど》も、未《いま》だ我をして餐する能《あた》わざら使《し》むるには至らず」（わたしを好《す》いてくれる男はたくさんいるから、あなたに棄てられても、食事が喉を通らないなんてことはないわ）とする。一句を「我をして餐する能わざら使《し》めんや」（反語）と解している。

9　愛する男を思う（『詩経』国風・鄭風《ていふう》・子衿《しきん》）

子《し》衿《きん》

青青子衿　　青青《せいせい》たる子《し》が衿《きん》
悠悠我心　　悠悠《ゆうゆう》たる我が心
縦我不往　　縦《たと》い我往《ゆ》かざるも
子寧不嗣音　子《し》は寧《なん》ぞ音《いん》を嗣《つ》がざる

あおあおとした　あなたの襟《えり》
はるかなる　わたしの心
たといわたしから行かなくとも
あなたは何故《なにゆえ》に便りをくれないの

青青子佩　　青青《せいせい》たる子《し》が佩《はい》
悠悠我思　　悠悠《ゆうゆう》たる我が思い
縦我不往　　縦《たと》い我往《ゆ》かざるも
子寧不来　　子《し》は寧《なん》ぞ来《き》たらざる

あおあおとした　あなたの佩《お》び玉《だま》のひも
はるかなる　わたしの思い
たといわたしから行かなくとも
あなたは何故《なにゆえ》に尋ねて来てくれないの

挑兮達兮　　挑《とう》たり　達《たつ》たり
在城闕兮　　城闕《じょうけつ》に在り
一日不見　　一日《いちじつ》　見ざれば

如三月兮　三月《さんげつ》の如《ごと》し

とんだり跳ねたりして
城のやぐらにいる
一日でも会わなければ
三月《みつき》も経ったよう

この詩は、愛する男のことを恋い慕う女の歌である。「詩序」に、「子衿《しきん》は、学校の廃するを刺《そし》るなり。世　乱るれば、則ち学校は修まらず」というように、鄭国の学校制度が廃れて、学生が学問を怠り、軽薄になって戯れ遊んでばかりいることを誹《そし》ったものとするのが、古注の説である。これに対して朱子は、「此《こ》れも亦《ま》た淫奔《いんぽん》の詩なり」と、男女の恋愛の歌とする。古注の解釈に従えば、「青衿」は学生の服であり、退学した学生に、学校に残っている学生が、早く帰って来いよ、と呼びかけた歌ということになるが、今は朱子の解釈に拠った。

「一日 見ざれば、三月の如し」の句は、『詩経』王風の「采葛《さいかつ》」に、

彼采葛兮　彼《かしこ》に葛《かつ》を采《と》る
一日不見　一日《いちじつ》 見ざれば
如三月兮　三月《さんげつ》の如《ごと》し

あそこに行って葛を採ろうよ
（それにしても）一日でも（あの人に）会わなければ
三月も経ったようである

と見える。葛を採りに行くのは口実で、それにかこつけて愛しい人に会いに行くのである。

10　若き兵士の望郷の思い（『詩経』国風・魏風《ぎふう》・陟岵《ちょくこ》）

陟《ちょく》　岵《こ》

陟彼岵兮　　彼《か》の岵《こ》に陟《のぼ》りて
瞻望父兮　　父を瞻望《せんぼう》す
父曰嗟予子　　父曰《いわ》く「嗟《ああ》　予《わ》が子《こ》よ
行役夙夜無已　　役《えき》に行きては　夙夜《しゅくや》　已《や》むこと無《な》かれ
上愼旃哉　　上《ねが》わくは旃《これ》を愼《つつし》めよ
猶来無止　　猶《な》お来たれ　止《とど》まること無《な》かれ」と

かのはげ山に登って
（故郷の）父のおられる方を眺めやる

（家を離れる時）父は言った「ああ　わが子よ
いくさに行ったなら　朝早くから夜遅くまで　怠るでないぞ
（しかし）くれぐれも気をつけるのだぞ
そうして帰って来るのだぞ（戦場に）止《とど》まってはならないぞ」と

陟彼屺兮　　彼《か》の屺《き》に陟《のぼ》りて
瞻望母兮　　母を瞻望す
母曰嗟予季　　母曰く「嗟《ああ》　予《わ》が季《き》よ
行役夙夜無寐　　役《えき》に行きては　夙夜《しゅくや》　寐《い》ぬること無《な》かれ
上慎旃哉　　上《ねが》わくは旃《これ》を慎《つつし》めよ
猶来無棄　　猶お来たれ　棄《す》つること無かれ」と

かの木の茂った山に登って

（故郷の）母のおられる方を眺めやる
（家を離れる時）お母さんは言った「ああ　わたしの末っ子よ
いくさに行ったなら　朝早くから夜遅くまで　居眠りをしてはいけないよ
（でも）くれぐれも気をつけておくれ
そうして帰って来ておくれ（わたしを）棄てたりしないでね」と

陟彼岡兮　　　彼《か》の岡に陟《のぼ》りて
瞻望兄兮　　　兄を瞻望す
兄曰嗟予弟　　兄曰く「嗟《ああ》 予《わ》が弟よ
行役夙夜必偕　役《えき》に行きては　夙夜《しゅくや》　必ず偕《とも》にせよ
上慎旃哉　　　上《ねが》わくは旃《これ》を慎《つつし》めよ
猶来無死　　　猶お来たれ　死すること無《な》かれ」と

かの山の背に登って
（故郷の）兄の方を眺めやる
（家を離れる時）兄さんは言った「ああ　おれの弟よ
いくさに行ったなら　朝早くから夜遅くまで　みんなと一緒にいるんだぞ
（しかし）くれぐれも気をつけるように
そうして帰ってこいよ　死ぬんじゃないぞ」と

故郷を離れて戦《いくさ》に行った若き兵士は、山や丘に登って、遥か故郷の方を眺めやっては、家族のことが思われてならないという内容の詩である。

この詩は三つの章から成っているが、それぞれの章ともほぼ同じ句を繰り返すといった素朴な構成となっている。しかし、このような素朴な中にも、巧みな表現技巧が用いられている。すなわち、第一章では険しいはげ山から厳格な父を思い起こし、第二章ではこんもりと茂る山から暖かな母を想起し、第三章では岡（山の尾根）からたくましい兄を思い出すというように、それぞれに相応しい場所が歌い込まれている。

また、父の「無已」（已《や》むこと無かれ）には、公の立場にたっての父の気持ちが表されており、母の「無寐」（寐《い》ぬること無かれ）には、寝坊であった末の息子を愛おしむ母の思いがよく表現されている。兄の「必偕」（必ず偕《とも》にせよ）には、恐らく戦場を体験した兄でなくては言えない配慮を窺うことができる。さらに各章の「生きて帰って来て欲しい」という思いを言う言葉も、父は「無止」（止《とど》まること無かれ）、母は「無棄」（棄つること無かれ）、兄は「無死」（死すること無かれ）と、それぞれに父親らしさ、母親らしさ、兄らしさを見て取ることができよう。

『万葉集』巻二十に、天平勝宝七年（七五五）二月、九州に派遣された「防人等の歌」の中に、次のようなものがある。

父母《ちちはは》が　頭《かしら》かき撫《な》で　幸《さ》くあれて　言ひし言葉《けとば》ぜ　忘れかねつる

「父と母が、わたしの頭をかき撫でながら『無事でいてくれよ』と言って送り出してくれた。その言葉が忘れられない」というこの歌は、「陟岵」の世界を彷彿とさせるものがある。

11　大きな鼠（『詩経』国風・魏風《ぎふう》・碩鼠《せきそ》）

碩《せき》　鼠《そ》

碩鼠碩鼠　　碩鼠《せきそ》　碩鼠《せきそ》
無食我黍　　我《わ》が黍《きび》を食《くら》う無《な》かれ
三歳貫女　　三歳　女《なんじ》に貫《つか》うるも
莫我肯顧　　我を肯《あえ》て顧《かえり》みる莫《な》し
逝将去女　　逝《ゆ》きて将《まさ》に女《なんじ》を去り
適彼楽土　　彼《か》の楽土《らくど》に適《ゆ》かんとす
楽土楽土　　楽土《らくど》　楽土《らくど》
爰得我所　　爰《ここ》に我が所を得ん

大きな鼠よ　大きな鼠よ
我らの黍を食べないでくれ
三年の間　お前に仕えたのに
（おまえは）我らを顧みることもなかった
もうおまえの所を立ち去って
安楽な国へ行くとしよう
楽しい国よ　楽しい国よ
そこに落ち着くことができよう

碩鼠碩鼠　　碩鼠《せきそ》　碩鼠《せきそ》
無食我麦　　我《わ》が麦《むぎ》を食《くら》う無《な》かれ
三歳貫女　　三歳　女《なんじ》に貫《つか》うるも
莫我肯徳　　我に肯《あえ》て徳《めぐ》む莫《な》し

逝将去女　逝《ゆ》きて将《まさ》に女《なんじ》を去り
適彼楽国　彼《か》の楽国《らくこく》に適《ゆ》かんとす
楽国楽国　楽国　楽国
爰得我直　爰《ここ》に我が直《ちょく》を得ん

大きな鼠よ　大きな鼠よ
我らの麦を食べないでくれ
三年の間　お前に仕えたのに
（おまえは）我らに恵みを与えてくれなかった
もうおまえの所を立ち去って
安楽な都へ行くとしよう
楽しい都よ　楽しい都よ
そこでまともに暮らすことができよう

碩鼠碩鼠
無食我苗
三歳貫女
莫我肯労
逝将去女
適彼楽郊
楽郊楽郊
誰之永号

碩鼠《せきそ》　碩鼠《せきそ》
我《わ》が苗《なえ》を食《くら》う無《な》かれ
三歳　女《なんじ》に貫《つか》うるも
我を肯《あえ》て労《ねぎら》う莫《な》し
逝《ゆ》きて将《まさ》に女《なんじ》を去り
彼《か》の楽郊《らくこう》に適《ゆ》かんとす
楽郊　楽郊
誰《だれ》か之《こ》れ永号《えいごう》せん

大きな鼠よ　大きな鼠よ
我らの苗を食べないでくれ
三年の間　お前に仕えたのに
（おまえは）我らをいたわることもなかった

もうおまえの所を立ち去って
安楽な田舎へ行くとしよう
楽しい田舎よ　楽しい田舎よ
そこでは嘆き叫ぶこともなかろう

この詩は、その序に「碩鼠は、重斂《じゅうれん》を刺《そし》るなり。国人、其の君の重斂して、民を蚕《さん》食《しょく》し、其の政《まつりごと》を修めず。貪《むさぼ》りて人《たみ》を畏《おそ》れしむること、大鼠の若《ごと》きを刺《そし》るなり」というように、重い税に苦しむ人民が、主君を大きな鼠に喩えて非難したものである。「苛《か》政《せい》は虎よりも猛《たけだけ》し」（『礼記《らいき》』）の語に代表されるように、重税は人民にとっては、人を食い殺す虎よりも恐ろしいものであった。

『詩経』の詩は、表現技巧の上から「賦《ふ》」（直叙）、「比」（比喩を用いる）、「興《きょう》」（自然の事物を歌うことによって、人事に関わることを連想させる）の三つに分けることができるが、この「碩鼠」の詩は「比」の手法を巧みに用いたものと言えよう。

12　待ちぼうけ（『詩経』国風・陳風《ちんぷう》・東門《とうもん》之《し》楊《よう》）

東門《とうもん》之《し》楊《よう》

東門之楊　東門の楊《やなぎ》
其葉牂牂　其の葉　牂牂《そうそう》たり
昏以為期　昏《こん》以《もつ》て期と為《な》す
明星煌煌　明星《めいせい》　煌煌《こうこう》たり

東門のあたりの楊《やなぎ》の木は
葉が　こんもりと生い茂っている
日の暮れる頃に会う約束をしたのに（彼女は来ない）
空には宵《よい》の明星《みようじよう》が　きらきらと輝いている

東門之楊　東門の楊《やなぎ》
其葉肺肺　其の葉　肺肺《はいはい》たり
昏以為期　昏《こん》以《もっ》て期と為《な》す
明星晢晢　明星《めいせい》　晢晢《せいせい》たり

東門のあたりの楊《やなぎ》の木は
葉が こんもりと生い茂っている
日の暮れる頃に会う約束をしたのに（彼女は来ない）
空には宵《よい》の明星《みょうじょう》が きらきらと輝いている

この詩は、「集伝」に「此れも亦《ま》た男女 期会して、約に負《そむ》きて至らざる者有り。故《ゆえ》に其の見る所に因《よ》りて以て興《きょう》を起こすなり」とあり、男が女と逢い引きの約束をしたのに、女が約束を破って来なかった、というのに拠った。

しかし、「詩序」（各篇に施された一篇の大意を述べる序文）には、「東門之楊は、時を刺《そし》るなり。婚姻　時を失し、男女　違《たが》うこと多し。親迎《しんげい》するも女は猶《な》お至らざる者有るなり」と、陳の礼俗が廃れたために、正しい婚姻の礼が行われず、婿《むこ》が親迎しても婦《つま》の至ることがない者があることを述べて、当時の社会を諷刺したものとしている。「親迎」とは、結婚六礼の一つで、婿がみずから嫁の実家に出迎えに行くことをいう。

13　他山《たざん》の石《いし》（『詩経』小雅《しょうが》・鶴鳴《かくめい》）

鶴《かく》　鳴《めい》

鶴鳴于九皐
声聞于野
魚潜在淵
或在于渚
楽彼之園
爰有樹檀
其下維蘀
他山之石
可以為錯

鶴　九皐《きゅうこう》に鳴く
声　野《や》に聞こゆ
魚は潜《ひそ》んで淵《ふち》に在《あ》り
或いは渚《なぎさ》に在り
彼《か》の園《その》を楽しむ
爰《ここ》に樹檀《じゅだん》有り
其の下は維《こ》れ蘀《たく》
他山《たざん》の石
以《もっ》て錯《さく》と為《な》す可《べ》し

鶴が山中の奥深い沼沢で鳴き、その声が野まで聞こえている。魚は淵に潜んでいたり、或いは渚に出て来る。その楽しむところの園には、檀《むくのき》が生えており、その下には落ち葉がある。他国の山の石であっても、それを砥石とすることもできる。

鶴鳴于九皐　　鶴　九皐《きゆうこう》に鳴く
声聞于天下　　声　天下に聞こゆ
魚在于渚　　魚は渚《なぎさ》に在《あ》り
或潜在淵　　或いは潜《ひそ》んで淵《ふち》に在り
楽彼之園　　彼《か》の園《その》を楽しむ
爰有樹檀　　爰《ここ》に樹檀《じゆだん》有り
其下維穀　　其の下は維《こ》れ穀《こく》
他山之石　　他山の石
可以攻玉　　以て玉を攻《おさ》む可し

鶴が山中の奥深い沼沢で鳴き、その声が天まで聞こえている。魚は渚に出て来たり、或いは淵に潜んでいる。その楽しむところの園には、檀《むくのき》が生えており、その下には穀《こうぞ》が繁っている。他国の山の石であっても、それで玉を磨くこともできる。

この詩は『詩経』でいうところの「比《ひ》」の手法を用いたものである。山中に隠棲する賢者を鶴に喩えている。山の中で鳴く鶴の声は、天にまで聞こえる。それと同じように山中に身を隠している賢者の名声も広く天下に知られるのである。暖かくなると魚は渚に出てくるが、寒くなれば深い淵に潜んでしまう。それと同じように賢者も世の中が乱れると身を隠してしまうのである。こうした賢者は、たとえ他国の人であっても身分の低い者であっても、自国のために挙げ用いなくてはならないというのである。

この詩から、「他山の石」の語は、他人の間違った言行であっても、それを参考にして自分の人格を育てるための役に立てることはできる、の意で使われるようになった。

「他山の石」は、よく耳にする言葉であるが、正しい意味は意外と知られていない。

人の長所を見習うことは、抵抗なく受け入れられるが、人の短所であっても、それが自分に役立つこととなる、というのは、なかなか受け入るのは難しい。

14　戦戦兢兢《せんせんきょうきょう》（『詩経』小雅・小旻《しょうびん》）

小《しょう》　旻《びん》

旻天疾威　　旻天《びんてん》　疾威《しっい》
敷于下土　　下土に敷《し》く
謀猶回遹　　猶《ゆう》を謀《はか》る回遹《かいいつ》
何日斯沮　　何《いず》れの日か　斯《ここ》に沮《や》まん
謀臧不従　　謀《はかりごと》の臧《よ》きには従わず
不臧覆用　　臧《よ》からざるを覆《かえ》って用う
我視謀猶　　我　猶《ゆう》を謀るを視て
亦孔之邛　　亦《ま》た孔《はなは》だ之《こ》れ邛《や》む

人民を憐れむべき天が（かえって）はげしい威を、地上に降らしている。（天下を治める）はかりごとはねじ曲がっており、いつになったら止むのであろうか。はかりごとの良いものには従わず、良くないはかりごとを却って用いている。わたしがこうしたはかりごとを見るに、（誤ったことばかりで）憂いなやむばかりである。

潝潝訿訿
亦孔之哀
謀之其臧
則具是違
謀之不臧
則具是依
我視謀猶
伊于胡厎

潝潝《きゅうきゅう》 訿《し》訿《し》
亦《ま》た孔《はなは》だ之《こ》れ哀《かな》し
謀《はかりごと》の其《そ》の臧《よ》き
則《すなわ》ち具《とも》に是《こ》れ違《たが》い
謀の臧《よ》からざる
則ち具《とも》に是れ依《よ》る
我 猶《ゆう》を謀るを視るに
伊《こ》れ于《ここ》に胡《いず》くに厎《いた》らん

皆が集まっては良いはかりごとを譏《そし》っており、（わたしはひとり）哀しむばかりである。はかりごとの良いものは、どれも悪いとして用いられない。はかりごとの良くないものは、（かえって）良いとして用いられる。今そのはかりごとを見るに、どうなることかと（不安に）思われる。

我亀既厭　　我が亀《き》 既《すで》に厭《いと》い
不我告猶　　我に猶《ゆう》を告げず
謀夫孔多　　謀夫《ぼうふ》 孔《はなは》だ多く
是用不集　　是《ここ》を用《もつ》て集《な》らず
発言盈庭　　言を発して庭《てい》に盈《み》つるも
誰敢執其咎　　誰《だれ》か敢《あ》えて其の咎《きゆう》を執《と》らん
如匪行邁謀　　行き邁《ゆ》くに匪《あら》ずして謀《はか》るが如く
是用不得于道　　是《ここ》を用《もつ》て道に得ず

卜筮で（吉凶を）尋ねても（神明も）うるさく思われて、わたしに（良い）はかりごとを告げてくれない。はかりごとをなす者が多すぎて、そのために（はかりごとが）決することはない。多くの意見が出されるも、誰もその責任を負うものはいない。（実際に）道を往来して（状況を）判断するのではないので、（議論の）道はいっこうにはかどらない。

哀哉為猶　　哀《かな》しい哉《かな》 猶《ゆう》を為《な》す
匪先民是程　　先民を是《こ》れ程《てい》とするに匪《あら》ず
匪大猶是経　　大猶を是れ経とするに匪ず
維邇言是聴　　維《こ》れ邇言《じげん》を是れ聴き
維邇言是争　　維れ邇言を是れ争う
如彼築室于道謀　　彼《か》の室を築くを道に謀《はか》るが如し
是用不潰于成　　是《ここ》を用《もつ》て成るに潰《と》げず

哀しいことであるよ、国家の大計を謀るに、（周公・召公のような）先代の聖賢を規範とせず、（文王・武王のような）聖王を常法としないのは。ただ目先の手近なやり方を聞き入れ、小さな利益を争うばかりである。普請《ふしん》の方法を道を往来する人に尋ねるようなもので、これでは一向に決着しない。

国雖靡止　　国　止《とど》まる靡《な》しと雖《いえど》も
或聖或否　　或《ある》いは聖　或いは否《ひ》
民雖靡膴　　民　膴《ぶ》なる靡《な》しと雖《いえど》も
或哲或謀　　或いは哲　或いは謀《ぼう》
或粛或艾　　或いは粛　或いは艾《がい》
如彼泉流　　彼《か》の泉流《せんりゅう》の如く
無淪胥以敗　淪胥《りんしょ》して以《とも》に敗るること無《な》かれ

国は乱れて安らかに居ることも出来ないが、中には知恵のある人もおり、それほどでもない人もいる。民は多く集まっているわけではないが、（その中には）明哲な人もおり、事を謀るのが上手い人もおり、恭敬なる君子もおり、政治の才ある人もいる。あの泉流の清い水（が濁流に入って濁ってしまうか）のように、（賢者も愚者も）混同して国を敗るようなことになってはいけないのである。

不敢暴虎　敢《あ》えて暴虎《ぼうこ》せず
不敢馮河　敢えて馮河《ひょうが》せず
人知其一　人 其の一を知って
莫知其他　其の他を知る莫《な》し
戦戦兢兢　戦戦 兢 兢《せんせんきょうきょう》として
如臨深淵　深淵《しんえん》に臨《のぞ》むが如《ごと》く
如履薄氷　薄氷《はくひょう》を履《ふ》むが如し

敢えて虎を素手で打つような危険を冒さず、黄河を徒歩で渡るような危ないことはしない。世の中の人は暴虎馮河の危険さは知っていても、（かえって）つまらない人（小人《しょうじん》）の危うさを知らないものだ。（小人に対して注意することは）戦戦兢兢として恐れ戒め、深い淵に臨んで（落ち込むことが無いように）恐れるかのごとく、薄い氷を踏んで（破れて水中に陥らないように）恐れるかのごとくするのである。

この「小旻《しょうびん》」の詩は、『論語』（泰伯篇）に曾子《そうし》の言葉として次のように見える。

○曾子《そうし》　疾《やまい》有り。門弟子《もんていし》を召《め》して曰《いわ》く、「予《わ》が足を啓《ひら》け、予《わ》が手を啓《ひら》け。詩に云《い》う、『戦戦兢兢として、深淵に臨むが如く、薄氷を履むが如し』と。而今而後《じこんじご》、吾　免《まぬか》るるを知るかな。小子《しょうし》よ」と。

曾子が病気になっ（て危篤の状態であっ）た。弟子たちを呼び集めて言うことには、

「（寝具を開いて）わたしの足を見てくれ、わたしの手を見てくれ（身体のどこかに傷跡はあるまいか）。『詩経』の中に、『戦戦兢兢として、深淵に臨むが如く、薄氷を履むが如し』とある（このように、わたしは父母から受けたこの身体を傷つけないように大切にしてきたのだ）。（まずは無疵であれば）これから後ははじめて、わたしは身を守る責任から開放されることになるのであるよ。弟子たちよ」と。

曾子は名を参《しん》といい、孔子よりも四十六歳の年少であった。孔子の弟子の中でも孝を以て聞こえた人物である。

曾子の著ともされる『孝経』（開宗明義章第一）には、孔子が曾子に語った「身体髪《しんたいはつ》膚《ぷ》、之《これ》を父母に受く。敢えて毀傷《きしょう》せざるは、孝の始めなり」（身体はすべて父母から頂いたものである。訳も無く傷つけないようにするのは、孝のはじめである）という有名な言葉がある。死が迫っていた曾子は、弟子たちを集めて自分の身体を看させて、父母から頂いた自分の身体に疵一つないことを確認させたのである。自分の身体は自分のものではなく、祖先から大切に受け継がれたものであるという思想である。

ところで、「三省」の語で有名な『論語』（学而篇）に見える次の章も、曾子の言葉である。

○曾子曰《いわ》く、「吾《われ》日《ひ》に吾《わ》が身を三省《さんせい》す。人の為に謀りて忠ならざるか。朋友と交わりて信ならざるか。習わざるを伝えしか」と。

曾子が言うには、「わたしは毎日、何度となく自分の行いを反省してみる。人の世話をしながら自分の真心が足りなかったことはなかったか。友達と付き合って信義に欠けたことはなかったか。（先生から教わったことで）まだ自分のものになっていないことを人に伝えることはなかったか」と。

15　父母を思う（『詩経』小雅・谷風《こくふう》・蓼莪《りくが》）

蓼《りく》　莪《が》

蓼蓼者莪　蓼蓼《りくりく》たるは莪《が》
匪莪伊蒿　莪《が》に匪《あら》ず　伊《こ》れ蒿《こう》
哀哀父母　哀哀《あいあい》たる父母
生我劬労　我を生みて劬労《くろう》す

生《お》い茂《しげ》る若菜《わかな》
若菜ではなくて　それは蓬《よもぎ》となった
哀しくも痛ましい父母は
わたしを生んで苦労ばかりなされた

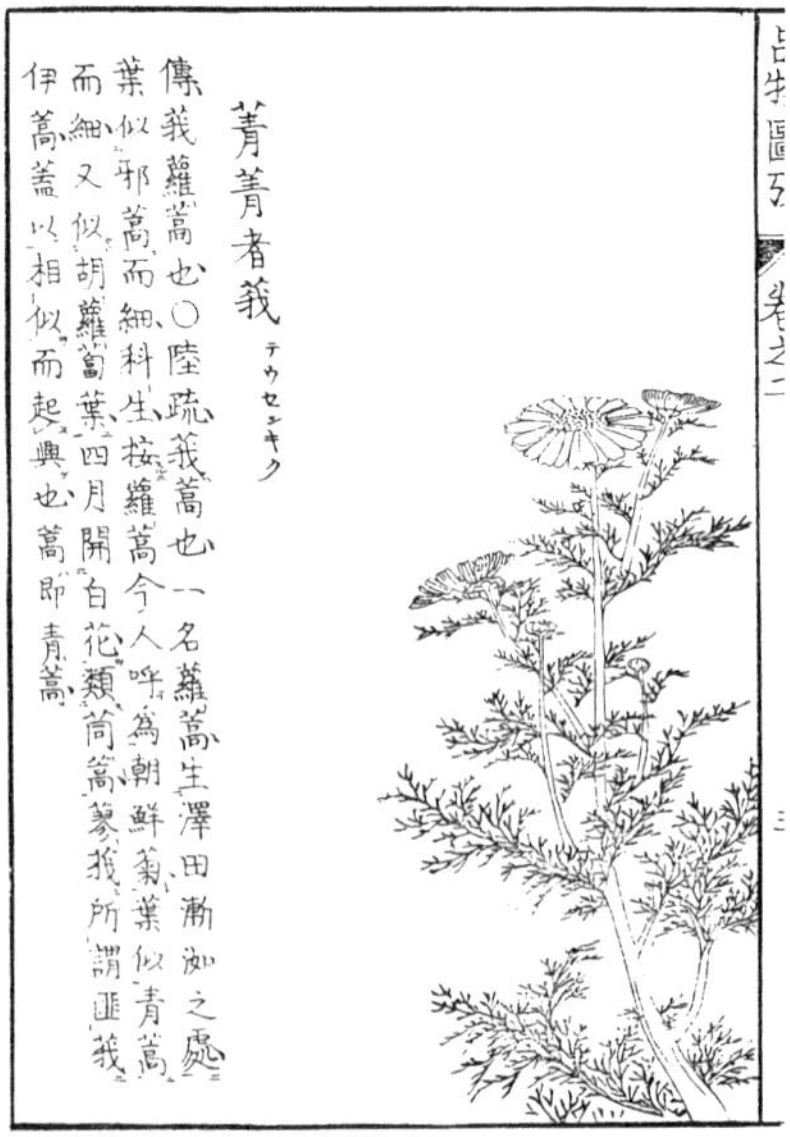

食野之蒿 ノミシレン

傳蒿菣也集傳即青蒿也○按蒿之爲青蒿舊説不可改或辨爲統名反汎矣

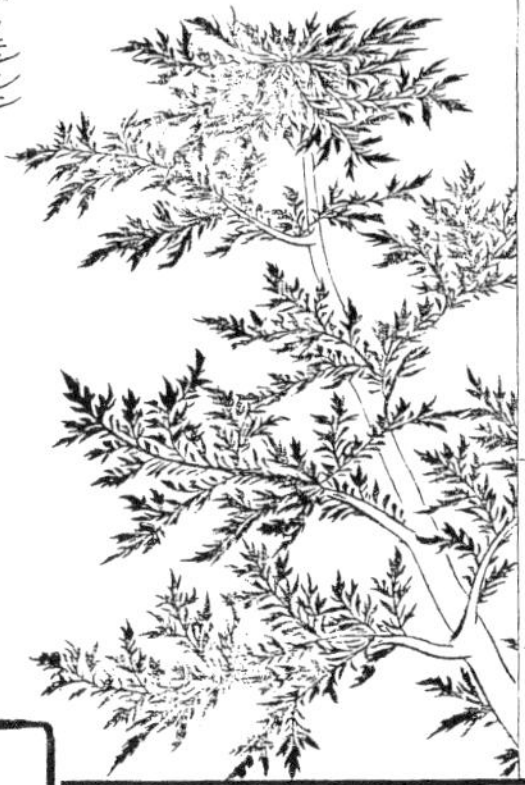

匪莪伊蔚

傳蔚牡菣也集傳三月始生四月始華如胡麻華而紫赤八月爲角似小豆角鋭而長○按牡菣二種一爲齊頭蒿一爲馬新蒿陸璣所釋即馬新蒿集傳因之耳

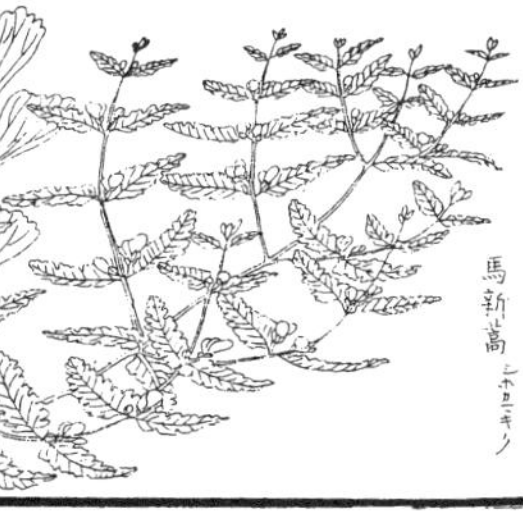

蓼蓼者莪　蓼蓼《りくりく》たるは莪《が》
匪莪伊蔚　莪《が》に匪《あら》ず　伊《こ》れ蔚《い》
哀哀父母　哀哀《あいあい》たる父母
生我労瘁　我を生みて労瘁《ろうすい》す

生《お》い茂《しげ》る若菜《わかな》
若菜ではなくて　それは男蓬《おとこよもぎ》となってしまった
哀しくも痛ましい父母は
わたしを生んで病み疲れてしまわれた

缾之罄矣　缾《へい》の罄《つ》くるは
維罍之恥　維《こ》れ罍《らい》の恥《はじ》
鮮民之生　鮮民の生《せい》は

不如死之久矣　死に如《し》かざること之《こ》れ久し
無父何怙　　　父無《な》くんば　何をか怙《たの》まん
無母何怙　　　母無《な》くんば　何をか怙《たの》まん
出則銜恤　　　出《い》でては則《すなわ》ち恤《うれ》いを銜《ふく》み
入則靡至　　　入《い》りては則ち至る靡《な》し

瓶《とっくり》の酒が尽きてしまうのは
これは大瓶《おおがめ》の恥である
（わたしのような）孤独で貧しい者は
とっくに死んでしまった方がましなのだ
父が無ければ　何を頼みとしようか
母が無ければ　何を頼みとしようか
家を出ては　憂いを含み

家に帰っては　じっとしておれない

父兮生我　父や　我を生み
母兮鞠我　母や　我を鞠《やしな》う
拊我畜我　我を拊《ぶ》し　我を畜《やしな》い
長我育我　我を長《ちょう》ぜしめ　我を育《はぐく》む
顧我復我　我を顧《かえり》み　我を復《ふく》し
出入腹我　出入《しゅつにゅう》にも　我を腹《いだ》く
欲報之徳　之《これ》が徳に報《むく》いんと欲するも
昊天罔極　昊天《こうてん》　極《きわま》り罔《な》し

父はわたしを生み
母はわたしを養われた

（父母は）わたしを撫でては　わたしを養い
わたしを成長させ　わたしを育てられた
わたしから目を離すこともなく　わたしに心を配り
外へ出るにも家に居るにも　わたしを抱きかかえられた
この恩徳に報いたいと思うけれども
天徳の極まり無きがごとくである

南山烈烈　　南山　烈烈《れつれつ》たり
飄風発発　　飄風《ひょうふう》　発発《はつはつ》たり
民莫不穀　　民　穀《やしな》わざる莫《な》し
我独何害　　我独《ひと》り　何ぞ害ある

南山は険しく聳《そび》え

暴風は激しく吹き荒れる
世間の人は　みな父母を養っているのに
わたしだけが何故にこのような不幸にあるのか

南山律律　　南山　律律《りつりつ》たり
飄風弗弗　　飄風《ひょうふう》　弗弗《ふつふつ》たり
民莫不穀　　民　穀《やしな》わざる莫《な》し
我独何卒　　我独《ひと》り　何ぞ卒《お》えず

南山の寒さは厳しく
暴風は激しく吹き渡る
世間の人は　みな父母を養っているのに
わたしだけが何故にそれが出来ないのか

この詩は、「詩序」に「民人労苦《ろうく》し、孝子も養《よう》を終《お》うるを得ざるのみ」というように、人民が生活に困窮していたために、孝行な子供でさえも父母を十分に養うことができなかったことの嘆きを歌ったものである。「邶風」凱風の詩（本書「4　母を思う子供たち」）とともに、親を慕う子の真情がよく表現されている。

第四章の「欲報之徳、昊天罔極」（之《これ》が徳に報《むく》いんと欲するも、昊天《こうてん》極《きわま》り罔《な》し）の二句について、朱子は「言うこころは、父母の恩は此《かく》の如《ごと》し。之《これ》に報《むく》ゆるに徳を以《もっ》てせんと欲するも、其の恩の大なること、天の窮《きわ》まり無きが如《ごと》し。為《ため》に報ゆる所以《ゆえん》を知らざるなり」と言う。すなわち、天徳の果てしなく広大であるがごとく、父母の恩徳は極まり無いものであって、それに報いるすべが無いことを言うと説明する。

子が親に孝養を尽くそうと思った時には、すでに親は亡くなっており、それが出来ないことを悲しむことを「風樹の嘆き」、「風樹の悲しみ」と言うが、これは『韓詩外伝《かんしげでん》』

にある次の句に基づくものである。

樹欲静而風不止　　樹《き》は静かならんと欲するも風は止《や》まず

子欲養而親不待　　子《こ》は養わんと欲するも親は待たず

この思いは、「蓼莪」の詩に相通ずるものである。

あとがき

私は広島大学に入ってから、ずっと中国文学を学んで来た。そうして今は母校の広島大学で学生たちに中国文学を教えている。時に、文学を専攻する者にとって、もっとも困った質問をされることがある。それは、文学研究が何の役に立つのか？　文学を学ぶことの意義はどこにあるのか？　といった趣旨の質問である。医学は人の命を救い、病の苦しみから人を助けることができる。工学は人間生活に役立つ物を作り出すことができる。これに対して、文学はいったい何の役に立つのか？　という問題である。

こうした質問をされた時には、文学こそが人間の生活、社会生活において最も大切なものである、と答えるようにしている。孔子は自分の学校で弟子たちを教育する際に、『詩経』を教材とした。『詩経』には三百五篇の様々な内容の詩が収められている。詩という形式は、非常に短い言葉の中に、その詩を作った人の思いが凝縮されている。つまり、詩の内容を理解するということは、その詩を作った人の思いを理解することになる。相手の立場になって考え、その思いを理解する。これが孔子の言う「仁」の思想である。このことこそが人間生活、社会生活の基本であると孔子は考えたのであろう。文学を研究する意義は、まさにここにあると私は思っている。

佐藤利行

後　記

平賀光明先生在《序言》中陳述了本書的緣起，其實平賀光明先生本人以漢詩吟誦為媒介，一直積極地從事着中日文化交流事業，得到中日吟誦界的高度評價。佐藤利行教授曾同仙逝的福山通運小丸法之會長編著出版了《孔子語錄》，深受讀者愛讀。

《孔子與詩經》這本書，從教育學的角度說，可謂是以《詩經》為對象，讓讀者去體味大教育家孔子以《詩經》為教材教育門生即教書育人的用心。在吟誦詩韻美的同時，情感和心靈得到共鳴昇華，美哉樂哉。

李均洋

志於中日攜手抗疫之庚子夏吉日

編著者紹介

平賀光明（ひらが　みつあき）

1943年生まれ
株式会社 総合広告社 代表取締役会長
広島リカレント学院 代表理事
ちゅーピーカルチャーセンター代表
日本コロムビア吟詠音楽会 本部副会長
水真流聖山吟詠会 会長
広島大学中国古典学プロジェクト
研究センター 顧問

佐藤利行（さとう　としゆき）

1957年生まれ
広島大学 理事・副学長
広島大学森戸国際高等教育学院 院長
比較語言文化学会 会長
首都師範大学 特別招聘教授

李均洋（り　きんよう）

1954年生まれ
首都師範大学 教授
日本語専門家委員会副主任委員
首都師範大学 日本文化研究センター長
広島大学 特任教授

李均洋（日语专家委员会副主任委员）
曾任首都师范大学日本文化研究中心主任教授。
博士生导师。广岛大学特聘教授。

孔子と『詩経』

2020年10月10日　初版発行

編著者／平賀光明・佐藤利行・李均洋

発行者／佐藤康夫
発行所／(株)白帝社
〒171-0014 豊島区池袋2-65-1
電話 03-3986-3271　FAX 03-3986-3272
http://www.hakuteisha.co.jp

Printed in Japan 6914　ISBN978-4-86398-423-3
カバーデザイン／加藤浩志
組版・印刷／モリモト印刷
製本／カナメブックス